小提琴家

PLAYING WITH Fire

TESS GERRITSEN

泰絲・格里森 ———著　尤傳莉 ———譯

紀念Micahel S. Palmer

茱麗亞

1

從店門口，我就已經聞得到舊書的氣味，那是一種老化的脆弱紙頁和陳舊皮革所散發的芳香。在這條卵石小巷裡，我經過的其他古董店都開了冷氣、緊閉店門以抵抗暑熱，但眼前這家店則是撐開門，彷彿在邀請我進去。這是我在羅馬的最後一個下午了，也是為這趟來訪挑個紀念品的最後機會。我已經幫羅柏買了一條真絲領帶，幫我女兒莉莉買了一件有很多縐褶的連身蓬蓬裙，但是我還沒找到任何給自己的東西。而在這家古董店的櫥窗裡，我正好看到了我想要的。

走進店內那片深濃的昏暗，我雙眼還得等一會兒才能適應。外頭酷熱難當，但這裡卻是出奇地涼爽，感覺上像是進入了一個熱氣和光線都無法穿透的洞穴。緩緩地，陰影中開始出現各種形狀，我看到塞滿書的書架，舊式的大型行李箱，角落裡還有一套晦暗的中世紀盔甲。牆上掛著一些油畫，全都花俏又醜陋，上頭貼著發黃的價格標籤。我沒注意到店主就站在那個牆壁凹入處，所以有人忽然跟我講義大利語時，我嚇了一跳。我轉身，看到一個矮小的男子，雙眉像是兩條雪白的毛毛蟲。

「對不起，」我用英語說，接著是破碎的義大利語。「我不會說義大利語。」

「小提琴？」他指著我揹在背部的琴盒。這個樂器太貴重了，不能留在旅館房間裡，所以我旅行期間總是隨身帶著。「音樂家？」他又問，比劃著拉小提琴的姿勢，右手拿著看不見的琴弓來回拉著。

「是的，我是音樂家。來自美國。今天早上，我還在慶典活動中演奏過。」雖然他禮貌地點頭，但是我不認為他真的聽懂了。我指著剛剛在櫥窗裡看到的那件東西。「我可以看那本書嗎？」接著又用義大利語說了「書」和「音樂」。

他伸手到櫥窗裡拿了那本音樂書，然後遞給我。書頁邊緣在我的觸摸下開始掉紙屑，於是我知道這本書很舊。這是義大利文版，封面有書名「吉普賽」（*Gipsy*）和一個亂髮男子拉奏小提琴的圖像。我翻到第一首曲子，是以小調寫成的。這件作品很陌生，旋律哀傷，我的手指已經渴望要演奏了。是的，這就是我一直想找的：被遺忘的古老音樂作品，但是應該被重新發現。

我翻閱其他曲子時，一張沒裝訂的紙掉出來，飄到地上。不是書頁，那是一張五線譜稿紙，上面的譜表充滿了鉛筆記下的音符。曲名是手寫的優雅草體字母。

火焰（*Incendio*），L・托戴斯寇作曲

我仔細看著樂譜，腦中聽得到音符，才幾個小節，我就知道這首華爾滋很優美。一開始是E小調的簡單旋律，但是從第十六小節開始，音樂變得愈來愈複雜。到了第六十小節，音符開始堆疊，還有一些刺耳的不和諧音。我翻到背面，每個小節都是密密麻麻的鉛筆記號。一連串快如閃電的琶音將旋律帶入一陣發狂似的音符大漩渦，害我雙臂忽然寒毛直豎。

我一定要擁有這件音樂作品。

「多少錢？」我用義大利文問，接著轉用英語。「這張樂譜，還有這本書？」

那店主觀察著我，雙眼帶著一抹狡獪的微光。「一百。」他用義大利語說，又拿出一支筆，在手掌上寫了數字。

「一百歐元？你不可能是認真的。」

「這是古董。」他用義大利語和英語各說一遍。

「並沒有老到那種程度。」

他聳聳肩，表明我不要就拉倒。他之前已經看到我眼中的渴望；他知道這本破爛的吉普賽樂曲集他可以開一個離譜的價錢，我也會照付。音樂是我唯一的奢侈品。我對珠寶或設計

師衣服鞋子都沒興趣；我唯一真正重視的配件，就是現在揹著的這把百年小提琴。

他遞給我一張購物收據，然後我走出店門，進入甜膩如糖漿的午後熱氣中。剛剛在店裡感覺那麼冷，真奇怪。我回頭看著那棟建築物，但是沒看到任何冷氣機，只有緊閉的窗子，以及棲息在山形牆上的兩個怪獸滴水嘴。陽光照在蛇髮女妖梅杜莎造型的黃銅門環上，其中一片折射到我身上。店門現在關起來了，但是隔著滿佈塵埃的玻璃，我短暫看到那店主看著我，然後他放下遮光簾，再也看不到了。

❖

看到我從羅馬買回來的真絲領帶，我丈夫羅柏興奮極了。他站在我們臥室的鏡子前，熟練地把那條柔軟光亮的領帶繞著脖子打好。「這正是我需要的，好讓一場沉悶的會議增加點趣味。」他說。「或許當我開始講數字的時候，這條領帶的顏色可以讓他們全都打起精神來。」三十八歲的他，依然像我們結婚那天瘦削而健美，過去十年只為他的鬢邊增添了些許銀絲。我這位在波士頓土生土長的丈夫穿上了漿過的筆挺白襯衫，袖口裝著金袖釦，看起來就像個一絲不苟的會計師，而他也的確是。他滿腦子都是數字：利潤與虧損，資產與負債。

他用數學的角度看這個世界，就連舉止動作都帶著一種幾何的精確性，他的領帶甩出一個弧，交叉打成一個完美的結。我們真是太截然不同了！我唯一關心的數字就是交響樂和作品的編號，以及我樂譜上的拍子記號。羅柏跟每個人說這就是為什麼他受我吸引，因為不同於他，我是飛翔的藝術家，在陽光中舞動。我曾經擔心彼此的差異拆散我們，擔心向來堅定而腳踏實地的他老是要防止藝術家老婆飄進雲層裡，總有一天會厭倦。但是十年過去了，今天的我們依然相愛。

他在鏡中朝我微笑，同時拉緊脖子的領帶結。「你今天早上好早就醒了。」

「我還在過羅馬時間。那裡現在已經是中午十二點了。這就是時差的優點，想想我今天可以完成多少事情。」

「我看你午餐之前就會累垮。要不要我開車送莉莉去托兒所？」

「不，我今天想把她留在家。之前一整個星期都沒看到她，我覺得好內疚。」

「你不該覺得內疚的。你姑媽薇兒來幫忙，接管所有事情，就跟她向來一樣。」

「唔，我之前想莉莉想得快瘋了，今天我一分鐘都不想跟她分開。」

他轉身讓我看他新的領帶，位於領口的正中央。「今天你有什麼計畫？」

「天氣好熱，我想我會帶她去游泳池。或許順便去圖書館一下，挑一些新書。」

「聽起來不錯。」他俯身吻我，剛刮過鬍子的臉聞起來有柑橘的辛香。「我討厭你不在的時候，寶貝，」他喃喃說。「或許下次我會休假一星期，我們一起去。那樣不是更——」

「媽咪，你看！你看我多漂亮！」我們三歲大的女兒莉莉手舞足蹈地進入臥室，穿著我從羅馬買給她的新衣服轉圈圈，那件連身裙她昨晚試穿過了，現在又不肯脫掉。毫無前兆地，她像個導彈般射進我懷裡，我們兩個人都摔在床上，大笑。再也沒有什麼能比自己小孩的氣味更甜美的了，我想吸入她的每一個分子，把她吸回我的身體，再度合而為一。我擁抱著滿頭混亂金髮、身穿薰衣草紫、咯咯笑的女兒，此時羅柏也突然撲到床上，抱住我們兩個。

「這是全世界最美的兩個女生，」他宣布。「而且她們是我的，兩個都是我的！」

「爹地，留在家裡。」莉莉命令道。

「真希望我可以，親愛的。」羅柏朝莉莉的腦袋親了一記響吻，然後不情願地起身。「爹地得去上班了，但是你好幸運對不對？你可以一整天跟媽咪在一起。」

「我們去穿上泳裝吧，」我告訴莉莉。「我們要好好開心一下，就我們兩個。」

於是我們度過了一段歡樂時光。兩人去社區游泳池玩水。午餐吃了乳酪披薩和冰淇淋，接著去圖書館，莉莉挑了兩本剛出的繪本，是以她最喜歡的動物驢子為主角的。但是下午三點我們回到家時，我已經累得快昏迷了。一如羅柏的預測，時差終於開始發作了，我最想做的事情，就是爬上床睡覺。

但是很不幸，莉莉精神很好，還把她那箱舊的玩偶衣裳拖到露台上，我們家那隻名叫「朱尼珀」的貓正在那裡打瞌睡。莉莉很愛打扮朱尼珀，這會兒已經把一頂嬰兒帽綁在他頭上，正忙著把他一隻前腳穿進袖子裡。那隻可愛的老貓一如往常忍受著，對於蕾絲和花邊的侮辱都無動於衷。

趁著朱尼珀接受他的時裝大改造，我就把我的小提琴和譜架拿到露台上，翻開那本吉普賽樂曲集。再一度，那張散頁樂譜掉出來，面朝上落在我的腳邊。〈火焰〉。

我在羅馬買下這張樂譜之後，就再也沒有看過。現在，我把它夾在譜架上，想到那個陰暗的古董店，還有那個像是洞穴生物般潛伏在牆壁凹處的店主。我身上忽然冒出雞皮疙瘩，彷彿那家店的寒氣依然牢牢黏在這張樂譜上。

我拿起小提琴，開始拉奏。

在這個溼熱的下午，我的小提琴聽起來比平常更深沉、更豐富，音色圓潤而溫暖。這首華爾滋的頭三十二個小節一如我想像中優美，是哀傷、上低音的輓歌。但是到了第四十小節，音符速度加快。旋律一再轉折，還穿插著一個個臨時記號，同時飆高到E絃的第七把位。我努力要保持音準並維持節奏，臉上冒出汗來。我覺得琴弓彷彿脫離我的掌控，像是被施了魔法般自行運作，我只是設法抓住它而已。啊，多麼了不起的樂曲！要是我能駕馭，演奏起來會多麼精采。音符輕快地躍動，音階愈來愈高。忽然間我完全失去了控制，一切都走了調，我的左手抽筋，音樂變得愈來愈狂亂。

一隻小手抓住我的腿。有個暖暖溼溼的東西抹到我的皮膚上。

我停止拉奏，往下看。莉莉往上注視著我，雙眼清澈得有如綠松石色的水。即使當我驚慌地跳起來，把那園藝工具從她血淋淋的手裡搶走時，她冷靜的藍色眼珠還是沒有一絲波動。她赤裸的雙腳在露台的石板上踩出一個個腳印。我愈來愈驚駭，循著那些腳印，一路追溯到鮮血的源頭。

此時我開始尖叫。

2

羅柏幫著我清洗掉露台的貓血。可憐的老朱尼珀現在用一個黑色垃圾袋包著，等著下葬。我們已經幫他挖好了墓穴，就在院子遠端的角落，位於丁香灌木叢後頭，這樣我每回去花園時，就不必老是會看到那裡。朱尼珀十八歲了，而且幾乎全盲，他是個溫柔的同伴，有資格得到比垃圾袋更好的棲身處，但是我狀態實在太糟糕了，一時想不出更好的選擇。

「我很確定這只是個意外，」羅柏堅持道。他把髒海綿扔進水桶裡，裡頭的水像是變魔術似的，轉為一種令人噁心的粉紅色。「莉莉一定是絆到了，摔在身上。感謝老天，她倒下時尖的那頭沒有朝上，否則她有可能會挖出自己的眼睛。說不定更糟。」

「我把他裝進垃圾袋之前看過他的屍體，不是只有一個戳刺傷。你怎麼可能絆倒三次？」

他沒理會我的問題。而是拿起凶器——一把魚尾除草叉，尖端有兩個叉齒——然後問，「總之，她是怎麼拿到這個玩意兒的？」

「我上星期出來除草過，一定是忘了把它放回工具小屋了。」叉齒上還有血，我別開身子。「羅柏，她對這一切的反應，不會讓你心裡有疙瘩嗎？她戳了朱尼珀三下，幾分鐘後，她還來跟我要果汁喝。讓我嚇到的是這個，她對自己剛做過的事情居然那麼冷靜。」

「她還太小，根本不懂。一個三歲小孩不曉得死亡是什麼意思。」

「她一定曉得自己弄痛他了。他一定有發出某種聲音。」

「你都沒聽到嗎？」

「我正在拉琴，就在這裡。莉莉和朱尼珀當時在露台的另一頭。他們在一起好像完全沒問題。直到……」

「或許他抓了她。或許他做了什麼事情刺激她。」

「你可以上樓看一下她的手臂。她身上一點傷痕都沒有。而且你知道那隻貓有多乖。你就算扯他的毛、踩他的尾巴，他都不會抓你的。我從他還是小貓的時候開始養起，而他這樣死掉……」我的嗓子啞了，跌坐在一張涼椅上，覺得一股悲慟與疲憊的大浪淹沒我。還有內疚，因為我無法保護自己的老友，即使他就在離我二十呎外的地方流血至死。羅柏笨拙地拍拍我的肩膀，不知道該如何安慰我。我擅長邏輯、數學的丈夫，一碰到女人流淚就束手無策。

「嘿。嘿，寶貝，」他喃喃說。「我們再抱一隻小貓來養，你看怎麼樣？」

「你不可能是認真的。就在她這樣對待過朱尼珀之後？」

「好吧，這個想法很蠢。但是拜託，茱麗亞，不要怪她。我敢說她也跟我們一樣很想念他。她只是不明白發生了什麼事。」

「媽咪？」莉莉從她的臥室裡喊道，之前我把她抱進去小睡了。「媽咪！」

雖然她喊的是我，但是把她抱出嬰兒床的是羅柏，然後羅柏走到我照顧她常坐的那張搖椅坐下，把她放在自己的膝上。我看著他們父女，想到她嬰兒時期的那些夜晚，我會抱著她坐在那張椅子上搖晃，一個小時接一個小時，她宛如天鵝絨般細嫩的臉頰貼著我胸部。那些神奇、被剝奪睡眠的夜晚，只有莉莉和我。我會凝視著她的雙眼輕聲說：「請記得這個。一定要記得媽咪有多愛你。」

「貓咪走了。」莉莉靠著羅柏的肩頭啜泣。

「是的，親愛的，」羅柏喃喃道。「貓咪去天堂了。」

「三歲小孩有這樣的行為，你認為是正常的嗎？」我問小兒科醫師。一個星期後，我帶莉莉去做例行的幼兒健康檢查。謝里醫師正在檢查莉莉的腹部，按壓她肚子時惹得她咯咯直笑，同時他沒有立刻回答我的問題。他似乎真心喜歡兒童，而莉莉的回應則是拿出她最迷人的一面。她乖乖按照醫師吩咐，轉動頭部好讓醫師檢查她的耳膜，然後嘴巴張大，好讓醫師把壓舌板伸進去。我可愛的女兒，已經曉得如何討好她所碰到的每個陌生人了。

醫師直起身子看著我。「侵略性的行為不見得有擔心的必要。在這個年紀，小孩很容易會覺得懊惱，因為他們還無法完整表達自己的意思。而且你說過，她現在講的句子，大部分都還是只有三、四個字。」

「這點我該擔心嗎？她不像一般小孩講那麼多話？」

「不，不必。兒童的發展里程碑不是固定的，不同小孩之間的差異有可能非常大。而且莉莉在其他各個方面的進展都很理想。她的身高和體重，她的動作技能，都完全正常。」他讓她坐在檢查台邊緣，給了她一個大大的笑容。「而且你真是個乖小孩！我真希望我所有的病人都這麼合作。你可以看得出她有多麼專心，注意力有多麼的集中。」

「但是我們家的貓發生了那樣的事情，這是不是表示她以後可能會做出……」我暫停，意識到莉莉正在看著我，認真聽著我說的每一個字。

「安司德爾太太，」他輕聲說，「你要不要先帶莉莉到遊戲室去？這個話題我們應該私下討論，去我辦公室吧。」

當然了，他說得沒錯。幾乎可以確定的是，我聰明又專注的女兒可能比我想像的更加明白我所說的話。我按照醫師的要求，帶著她離開檢查室，來到病人的遊戲區。這個房間到處散佈著玩具，都是鮮豔的塑膠製品，沒有銳利的邊角，沒有可拆的小零件會被胡亂塞進嘴裡吞下。有個跟她年齡相仿的小男生跪在地板上，一邊模仿引擎聲音、一邊把一輛紅色的玩具翻斗車推過地毯。我把莉莉放下，她直奔一張兒童餐桌，上頭放著塑膠茶杯和茶壺。她拿起茶壺倒出看不見的茶。她怎麼曉得要那樣做？我從來沒辦過喝茶派對，但我女兒卻表現出典型的小女生行為，而旁邊那個小男生則拿著卡車，嘴裡發出轟轟的引擎聲。

我走進謝里醫師的辦公室時，他已經坐在桌後。隔著那面觀察窗，我們可以監視隔壁的兩個小孩；對著他們那一側的觀察窗是單向鏡，所以他們看不見我們。他們各玩各的，沉浸在各自的男生或女生世界，完全無視於另一個人。

「我想你對這個事件是過度解讀了。」謝里醫師說。

「她才三歲，就殺了我們家的寵物。」

「在這個事情發生之前，有什麼警訊嗎？任何她會傷害他的跡象？」

「完全沒有。我婚前就開始養朱尼珀了，所以莉莉一出生就認識他。她對他向來非常溫柔的。」

「這次攻擊有可能是什麼引發的嗎？當時她很生氣？或是被什麼搞得很懊惱？」

「沒有，她看起來完全心滿意足。他們在一起非常和睦，我就讓他們自己玩，同時我在旁邊練習小提琴。」

他思索著最後一個細節。「我想你拉小提琴，需要非常專心吧。」

「當時我正在嘗試新的曲子。所以，沒錯，我非常專注。」

「或許這就解釋了整件事。你正忙著做別的事情，她想要得到你的關注。」

「藉著戳刺我們的貓？」我不敢置信地笑了一聲。「這樣也太極端了。」我隔著觀察窗注視我的金髮女兒，漂漂亮亮地坐在她想像的喝茶派對上。我不想提起下一個可能性，但是非問不可。「我在網路上看過一篇文章，有關會傷害動物的兒童。說這是非常糟糕的前兆，有可能表示這個兒童有嚴重的情緒問題。」

「相信我，安司德爾太太，」他說，露出和藹的笑容。「莉莉長大後不會變成連續殺人凶手的。如果她是一再重複傷害動物，或者家族裡有暴力的歷史，那麼我或許會比較擔心。」

我什麼都沒說；我的沉默讓他皺起眉頭看我。

「你有什麼想告訴我的嗎？」他低聲問。

我深吸一口氣。「我們家族裡面有過歷史，是精神疾病方面的。」

「是你丈夫那邊，還是你這邊？」

「我這邊。」

「我不記得在莉莉的病歷上看過任何相關的。」

「因為我從來沒提過。我原先不認為像這樣的事情會遺傳。」

「像什麼樣的事情？」

我不急著回答，因為我雖然想坦白，但是除了必要的資訊之外，我不想多說，否則我會覺得不安。我隔著面對遊戲室的窗子，看著我美麗的女兒。「那是發生在我弟弟剛出生後沒多久。當時我才兩歲，所以我完全不記得。我是多年後從我姑媽那邊得知細節的。她跟我說，我母親當時精神出現崩潰。後來她被送去一家精神病機構，因為他們覺得她對其他人有危險。」

「以她崩潰的時間點，聽起來似乎是產後憂鬱症或產後精神病。」

「沒錯，我聽到的診斷就是這樣。幾位精神科醫師評估過她，得出的結論是她有精神障礙，缺乏意識能力，在法律上無法為發生的事情負責。」

「發生了什麼事？」

「我弟弟，當時還是嬰兒——」我的聲音放低，只剩氣音。「她讓他落地，他死了。他們說她當時處於妄想狀態，有幻聽的狀況。」

「我很遺憾。那段期間，想必你們一家人都很痛苦。」

「我無法想像那對我父親有多可怕，失去一個孩子，我母親又被送走。」

「你說你母親去了一個機構。她有康復嗎？」

「沒有。她兩年後在那裡過世了，因為闌尾破裂。我從來沒真正認識她，但是現在我無法停止想到她。而且我在想，莉莉會不會——會不會她對我們的貓所做的事情……」

現在他明白我在害怕什麼了。他嘆了口氣，摘下眼鏡。「我跟你保證，其中沒有關聯。暴力的遺傳學，不像莉莉遺傳了你的藍眼珠和金髮那麼簡單。據我所知，文獻紀錄上有明顯家族遺傳的案例，只有少數幾個。比方說，在荷蘭有一家人幾乎每一個男性都在坐牢。另外我們知道，天生多出一條Y染色體的男性比較可能犯罪。」

「女生會有同等的狀況嗎？」

「當然了，女生也有可能是反社會者。但那是遺傳造成的嗎？」他搖搖頭。「我想並沒有證據證明這一點。」

證據。他講話就像羅柏一樣，羅柏老是引用數字和統計資料。這些男人好信任他們的數字。他們提到科學研究，引用最新的調查結果。為什麼這些沒辦法令我心安呢？

「放心，安司德爾太太。」謝里醫師一手伸過來，拍拍我的手。「以三歲的小孩來說，你的女兒完全正常。她迷人又充滿關愛，而且你說她以前從來沒做過這樣的事情。所以沒有什麼好擔心的。」

❖

等到我開車駛入我姑媽薇兒家的車道時，莉莉已經在她的兒童汽車座椅上睡著了。這是她平常睡午覺的時間，她睡得好熟，我把她從椅子上抱起時都完全沒驚動到。即使在熟睡中，她還是緊抓著自己的絨毛玩偶小驢。這個玩偶她走到哪裡都要帶著，最近看起來已經有點不像樣了，磨損且有口水污漬，而且大概充滿了細菌。可憐的小驢已經縫縫補補過好多次，成了科學怪驢了，身上那些歪歪扭扭的縫線是我外行的手筆。我已經可以想像它身上很快又會出現一道新的裂口，填充物又要開始露出來。

「啊，看看她多可愛，」薇兒柔聲說，看著我抱莉莉進屋。「就像個小小天使。」

「我可以把她放在你床上嗎？」

「當然可以。房門不要關，這樣她醒了我們就聽得見。」

我把莉莉抱進薇兒的臥室，輕輕放在羽絨被上。一時之間我看著她，像往常一般被她睡著的模樣迷住了。我湊近她，吸入她的氣味，感覺到她粉紅色的臉頰發出熱氣。她在睡夢中嘆了口氣咕噥說「媽咪」，這個字眼總是會讓我微笑。剛結婚那幾年，我努力嘗試卻一直無法懷孕，當時傷心的我一直渴望能聽到有人喊我媽咪。

「我的寶貝，」我輕聲說。

我回到客廳，薇兒問：「所以謝里醫師怎麼說？」

「他說沒什麼好擔心的。」

「之前我不就跟你說過嗎？小孩跟寵物不見得都能合得來。你不記得了，但是你兩歲的時候，老是去煩我那隻老狗。他有回受不了，輕輕咬你一口，你立刻就給了他一巴掌。我想莉莉和朱尼珀之間就是這樣。有時候小孩沒思考就做出反應，不明白會有什麼後果。」

我望著窗外薇兒的菜園，那是個小小的伊甸園，種滿了番茄和茂盛的香草植物，小黃瓜的藤蔓爬上藤架。我過世的父親也喜歡栽培植物。他喜歡做菜，喜歡讀詩，唱歌會走調，就跟他妹妹薇兒一樣。甚至他們在童年照片裡看起來都很像，兩個都瘦削且曬得很黑，有同樣男孩氣的短髮。薇兒家陳列著好多我爸的照片，於是我每次來訪總是會心感哀傷。面對我的那面牆上有我爸十歲那年拿著釣魚竿的照片，十二歲那年跟自己業餘無線電設備的合影，還有十八歲穿著高中畢業袍。他臉上總是有同樣真誠、直率的微笑。

還有一張放在書架上的照片，是他和我母親帶著剛出生的我回家那天拍的。薇兒家只有這麼一張我母親的照片。純粹是因為我也在裡面，她才願意容忍的。

我站起來打量著照片裡的那些臉。「我長得好像她。我原先都沒發現有多像。」

「沒錯，你的確很像她，看看她，真是個大美人。每回卡蜜拉走進一個房間，就會有很多人轉頭看她。你父親就看了個夠，而且深深迷戀。我可憐的哥哥根本毫無招架之力。」

「你就那麼恨她？」

「恨她？」薇兒想了一下。「不，我不會說我恨她。一開始當然不會。我就跟所有見到卡蜜拉的人一樣，完全被她的魅力吸引了。我從來沒見過其他女人像她這樣擁有一切。美貌、頭腦、才華。啊還有，她對時尚的品味真好。」

我遺憾地笑了一聲。「這個鐵定沒有遺傳給我。」

「啊，親愛的。你遺傳了父母最好的部分。你有卡蜜拉的長相和音樂才華，還有你爸寬大的心。你是麥克這輩子所碰到最美好的事情。我只是很遺憾他必須先愛上她，才能讓你來到世上。但是要命，人人都會愛上她。她就是有辦法把你吸入她的力場。」

我想著我女兒，想著她多麼輕易就讓謝里醫師著迷。才三歲，她已經曉得如何吸引她所碰到的每一個人。這是我從來沒有的天賦，但莉莉卻天生有這個本事。

我把我父母的照片放回架上，轉向薇兒。「我弟弟到底發生了什麼事？」

我的問題讓她僵住了，接著別開目光；顯然她不想談這件事。我一直知道其中另有隱情，比之前她告訴過我的部分更陰暗、更令人不安，而且我也一直避免去逼問。直到此刻。

「薇兒？」我問。

「你知道發生了什麼事，」她說。「一等到我覺得你夠大、可以了解的時候，我就告訴你了。」

「但是你沒告訴我細節。」

「沒有人想要聽細節。」

「現在我非聽不可。」我朝臥室看了一眼，我心愛的女兒正在裡面睡覺。「我得知道莉莉是不是有哪方面像她。」

「別說了，茱麗亞。如果你認為莉莉有任何類似卡蜜兒的地方，那就搞錯了。」

「這麼多年來，有關我弟弟發生了什麼事，我只聽到過零碎的片段。但是我一直感覺整個故事還有更多，是你不想說的。」

「完整的細節不會讓這件事更容易理解。即使過了三十年，我還是不明白她為什麼會那樣做。」

「她到底做了什麼？」

薇兒思索了一下這個問題。「事發之後——終於上了法庭之後——精神病醫師說那是產後憂鬱症。你父親也相信是這樣。因為他想要相信，所以她沒被送去監獄時，他鬆了一口大氣。對她來說很幸運，她被送去精神病院。」

「結果讓她死於闌尾炎。就我看，並不算太幸運。」

薇兒還是不看我。我們之間的沉默累積得太濃厚了，如果我不打破，那沉默就要凝結成一堵牆。「你有什麼瞞著我的？」我輕聲問。

「對不起，茱麗亞。你說得沒錯，我一直沒有完全跟你坦白。至少有關那一點。」

「有關哪一點？」

「你母親的死因。」

「我以為是闌尾破裂。你和爸總是這樣說，說是她被送到那裡的兩年後。」

「是兩年後沒錯，但不是因為闌尾破裂。」薇兒嘆了口氣。「我不想告訴你這件事，但是你剛剛說你想知道真相。你母親是死於子宮外孕。」

「子宮外孕？但她是關在精神病院裡的囚犯啊。」

「一點也沒錯。卡蜜拉從來沒說父親是誰，我們也始終不曉得。在她死後，獄方清理她的房間，找到了各式各樣的違禁品。酒類、昂貴的珠寶、化妝品。我毫不懷疑，她是用上床來交換種種好處，而且是自願的，她向來很會操控別人。」

「可是她畢竟是被害人，她有精神疾病啊。」

「是啊，那些精神科醫師在法庭上是這麼說的。不過我要告訴你，卡蜜拉沒有憂鬱症，而且也沒有精神疾病。她只是無聊。而且怨恨。加上她受夠了你弟弟，他有腸絞痛，老是哭個不停。她向來都想成為被關注的中心，已經習慣男人都會為了討好她而爭風吃醋。卡蜜拉是所謂的『金牌女郎』，總是能達到自己的目的，但結果她結婚了，成天跟兩個她根本不想要的孩子拴在一起。在法庭上，她宣稱不記得自己做了什麼，但是當時有個鄰居看到發生的經過。他看到卡蜜拉走到陽台上，抱著你弟弟。他看到她故意把小孩丟到欄杆外兩層樓下的地上。你弟弟當時才三個星期大，茱麗亞，是個漂亮的男孩，跟你一樣有藍色眼珠。感謝上帝，當天是我在照顧你。」薇兒深吸一口氣，看著我。「否則你可能也會死。」

3

落雨輕敲著我廚房的窗子，玻璃上滴流出一條條水跡，此時莉莉和我正在為她明天幼兒園的派對做燕麥葡萄乾餅乾。在這個時代，每個小孩似乎都對蛋或麩質或堅果過敏，做餅乾感覺上像是一件有風險的事，好像我是在為那些嬌貴的寶貝們做毒餅似的。其他媽媽大概正在準備健康的點心，比方切片水果和生的胡蘿蔔，但我卻把奶油和雞蛋、麵粉和糖混合成油膩的麵團，然後把小堆麵團放到烤盤上。等到又熱又香的餅乾拿出烤箱之後，我們就到客廳，我把兩塊餅乾、一杯蘋果汁放在莉莉面前，給她當下午的點心。美味極了，但是有好多糖，我真是個糟糕的媽媽。

她開心地咀嚼著，我則在譜架前坐下來。我好些天沒把小提琴從琴盒裡取出過，我們的絃樂四重奏樂團下星期要排練，在此之前我得先練習。小提琴像個老友般歇靠在我肩膀上，當我調音時，那木頭發出柔美圓潤，濃郁如巧克力的聲音，彷彿在尋求某樣緩慢、甜蜜、能讓身心溫暖的東西。我把自己打算要練習的蕭士塔高維奇四重奏樂譜先放到一邊，改將〈火焰〉夾在譜架上。這首華爾滋的一些片段已經在我腦袋裡面播放一個星期了，今天早上我起床時，就很渴望再聽一遍，好確定這首曲子一如我記憶中那麼美好。

結果沒錯，的確如此。我的小提琴所發出的哀傷樂音似乎唱出了破碎的心和失去的愛，這聲音彷彿來自黑暗的森林和幽深的山谷。接著那哀傷轉為焦慮。基本的旋律沒變，但現在音符速度更快，音階升高到E絃，迅速跳出一連串琶音。隨著這瘋狂的節奏，我的脈搏加快。我努力想要保持節奏，但是我的手指互相碰撞，亂成一團。忽然間音符走調，共鳴箱開始發出嗡響，彷彿以某種禁忌的頻率在震動，這把琴就要分裂四散了。但是我繼續努力跟我的琴奮戰，希望它向我臣服。嗡響，旋律拔高成為尖叫。

但我聽到的是自己的嘶喊。

我痛苦地猛吸一口氣，低頭看著自己的大腿。一塊閃閃發亮的玻璃破片如匕首般插在肉裡。在我自己的啜泣聲中，我聽到有個人反覆說著兩個詞，一次又一次，聲音好單調、好機械化，我幾乎認不出來。直到我看到她的嘴唇在動，這才明白是我的女兒在講話。她注視著我，雙眼好平靜，眼珠藍得怪異。

我深呼吸三次好鼓起勇氣，然後抓住那塊玻璃破片。我大喊一聲，用力把破片從自己的大腿拔出來。一道鮮血流下我的腿，像一條鮮紅的彩帶。這是我記得的最後一件事，然後一切都逐漸轉為黑暗。

在止痛藥的作用下，我聽得到我丈夫在急診室分隔簾外頭跟薇兒的談話。他聽起來很喘，好像才剛跑進醫院。薇兒正在努力安撫他。

「她沒什麼大礙，羅柏。她需要縫幾針，另外打一劑破傷風疫苗。另外她額頭有個鵝蛋大的腫包，因為她暈倒時撞到茶几。但是她一醒來，就有辦法打電話找我幫忙。我立刻開車過去，直接把她送來這裡。」

「所以沒有更嚴重的？你確定她只是暈倒而已？」

「如果你看到地板上的血，就會曉得為什麼她會突然昏過去。那個傷口很嚇人，而且一定痛得要命。不過剛剛那位急診室醫師說傷口看起來很乾淨，應該不會發炎。」

「那麼我可以帶她回家了？」

「是的，可以。只不過……」

「怎麼了？」

薇兒的聲音降為耳語。「我很擔心她。之前在車子上，她跟我說——」

「媽咪？」我聽到莉莉低聲說。「我要媽咪！」

「噓——媽咪在休息，親愛的。我們得安靜。不，莉莉，別亂跑。莉莉，不要！」分隔簾被猛地扯開，忽然間我天使般的女兒出現了，伸手要找我。我往後瑟縮，被她的碰觸搞得發抖。「薇兒！」我喊道。「拜託帶走她。」

我姑媽把莉莉抱起來。「今天晚上她就留在我那裡，好嗎？嘿，莉莉，今天晚上要去我家過夜，好玩吧？」

莉莉還是伸手要找我，哀求我擁抱她，但是我別開身子，很怕看她，很怕瞥見那對藍色的、陌生的眼珠。薇兒抱著莉莉離開診療室時，我還是側躺著沒動。我覺得全身包著厚厚的冰，厚得我永遠無法打破。羅柏站在我旁邊，徒勞地撫著我的頭髮，但我連他的碰觸都感覺不到。

「我帶你回家吧，寶貝？」他說。「我們可以叫個外送的披薩，度過一個安靜的晚上，只有我們兩個。」

「朱尼珀的死不是意外。」我低聲說。

「什麼？」

「她攻擊我，羅柏。她是故意的。」

他的手在我頭上暫停。「或許你看起來似乎是如此，但是她才三歲。她年紀還太小，不明白自己做了什麼。」

「她拿了一片破掉的玻璃。她刺我。」

「她是怎麼拿到破玻璃的？」

「今天早上我摔破了玻璃花瓶，後來就把碎片扔在垃圾桶裡。她一定是去垃圾桶裡找來的。」

「你沒看到她去拿？」

「你的口氣好像在怪我？」

「我——我只是想了解這事情怎麼會發生。」

「我正在告訴你發生了什麼事。她是故意的。她自己都跟我說了。」

「她說了什麼？」

「兩個詞，重複講了一遍又一遍，像在唸經。傷害媽咪。（Hurt Mommy.）」

他看著我，好像我是個瘋子，好像我可能會從床上跳起來攻擊他，因為任何理智的女人都不會怕自己三歲的孩子。他搖搖頭，不知該如何解釋我剛剛描述的狀況。就連羅柏也無法解開這個特別的方程式。

「她為什麼會這麼做？」最後他終於說。「剛剛她還喊著要找你，要你抱。她愛你啊。」

「我不知道。」

「她每次哪裡痛，每次生病，都會要找誰？向來都是你。你是她宇宙的中心。」

「她當時聽到我慘叫，看到我流血，但是完全無動於衷。我看著她的眼睛，沒看到裡面有愛。」

他無法掩飾自己的不相信；一切就寫在他臉上，明顯得像是霓虹燈。好像我剛剛是告訴他莉莉長出了一對毒牙。「你就先在這裡休息一會兒吧，親愛的。我去找你的護理師問一下，看我什麼時候可以帶你回家。」

他走出診療室，我筋疲力盡地閉上眼睛。他們給我的止痛藥讓我腦袋昏沉，我唯一想要的就是陷入沉睡，但是這個忙碌的急診室裡有太多電話在響，太多聲音在講話。我聽到走廊有推床的輪子咿呀經過，聽到某個遠處的房間有個嬰兒在哭喊。從那個聲音聽起來，是非常小的嬰兒。我還記得莉莉兩個月大時，有天晚上發燒，我就帶著她來到同樣的這個急診室。我還記得那時她全身好燙，雙頰發紅，整個人好安靜，真的非常安靜，躺在診療台上。那是最嚇壞我的：她沒有哭鬧。忽然間我好渴望那個嬰兒，渴望我記憶中的那個莉莉。我閉上眼睛，可以聞到她的頭髮，感覺我的嘴唇貼著她毛茸茸的頭頂。

「安司德爾太太？」一個聲音叫我。

我睜開眼睛，看到一個蒼白的年輕男人站在我的推床邊。他戴著金屬框眼鏡，穿著白色的醫師袍，名牌上寫著「艾森柏格醫師」，但是他看起來太年輕了，不像醫師，倒是像個高中生。

「我剛剛跟你丈夫談過。他認為我應該跟你談一下，有關今天發生的事情。」

「我已經告訴過另一個醫師了。我忘了他的名字。」

「那位是急診室醫師。他的專業是治療你的外傷。我想找你談的是：你這個傷是怎麼發生的，還有，為什麼你認為是你的女兒造成的。」

「你是小兒科醫師嗎？」

「我是精神科住院醫師。」

「專門治療兒童的？」

「不，是成人。我知道你非常心煩。」

「我懂了。」我疲倦地笑了一聲。「我女兒刺傷我，所以需要精神科醫師的當然是我了。」

「發生的事情就是這樣嗎？她刺傷你？」

我拉開被單，露出大腿，剛縫好的傷口現在貼著紗布。「我知道這些縫線不是我想像出來的。」

「我看過急診醫師寫的病歷了，看起來你割傷得相當嚴重。那麼，你前額的那塊瘀青呢？」

「我暈倒了。我看到血總是會暈眩。我想我倒下時，頭撞到茶几了。」

他拉了一張凳子坐下。他兩腿很長、脖子細瘦，看起來就像一隻鸛鳥棲息在我推床邊。

「談一下你的女兒莉莉吧。你丈夫說她三歲。」

「沒錯，剛滿三歲。」

「她以前做過類似的事情嗎？」

「有過另一個事件。大約兩個星期前。」

「那隻貓。是的，你丈夫跟我說了。」

「所以你就知道我們有個難題了。你知道這不是第一次。」

他歪著頭，好像我是某種奇怪的新生物，他正在努力想了解。「她的這些行為，你是唯一親眼看到的人嗎？」

他的問題讓我提防起來。他認為關鍵在於詮釋的角度嗎？他以為換了另一個人，就會有完全不同的看法嗎？他假設一個三歲大的小孩是無辜的，這很自然。幾個星期前，我也絕對不會相信我老是親親抱抱的女兒，居然有施暴的能力。

「你沒見過莉莉，對吧？」我問。

「對，不過你丈夫告訴我，說她是個快樂、迷人的小女孩。」

「沒錯。每個見過她的人都覺得她好可愛。」

「那麼，當你看著她的時候，你看到了什麼？」

「她是我女兒。我當然覺得她各方面都很完美，但是……」

「但是？」

我的喉嚨哽住了，只剩氣音。「她變了，變得不一樣了。」

他什麼都沒說，只是開始在筆記板上寫字。紙和筆，真是老派；現在我碰到的其他每個醫師都是在筆記型電腦上打字。他的字跡看起來像螞蟻在紙上行軍。「談一下你女兒出生那天的事情吧。有任何併發症、任何困難嗎？」

「我分娩了很久。十八個小時。但是結果一切都很好。」

「那你對生孩子有什麼感覺？」

「你的意思是，除了筋疲力盡之外？」

「我指的是感情上。當你第一次看到她、第一次把她抱在懷裡的時候。」

「你是在問我們是否有緊密的母女關係，對吧？問我是不是想要這個孩子。」

他觀察著，等我回答我自己提出的問題。我如何詮釋他的提問，就等於是某種心理學的墨跡測驗，他可以從中判斷我的人格。我忽然感覺到處都是地雷。如果我說錯什麼話呢？那我就會成了糟糕的媽媽？

「安司德爾太太，」他柔聲說，「沒有錯誤的答案。」

「是的，我想要我女兒！」我衝口而出。「羅柏和我一直想要孩子，試了好幾年。莉莉出生時，是我人生中最美好的一天。」

「所以你對於生下她很高興。」

「當然很高興！而且……」我停頓一下。「也有一點害怕。」

「為什麼？」

「因為忽然間，我對這個小小的人有了責任，這個人有她自己的靈魂，而我還不太了解她。」

「你第一次看到她的時候，看到了什麼？」

「一個漂亮的小女孩。十根手指，十根腳趾。幾乎沒有頭髮，」我懷念地笑著說。「但是各個方面都很完美。」

「你剛剛說，她有自己的靈魂，而你還不太了解她。」

「因為新生兒根本還沒成形，你不曉得以後他們會變成什麼樣，不知道他們是不是會愛你。你能做的，就是等著看他們會成長為什麼樣子。」

他又在他的筆記板上寫了起來，顯然我說了一些他覺得有趣的話。是有關嬰兒和靈魂的嗎？我完全不是信仰虔誠的人，也不曉得自己為什麼會脫口說出那些。我愈來愈不安地觀察著，不曉得這場折磨什麼時候才會結束。局部麻醉劑逐漸消退了，我的傷口發疼。而這位精神科醫師則是不慌不忙地寫著天曉得關於我的什麼，我愈來愈想逃離這些燈光的照射了。

「你認為莉莉有什麼樣的靈魂？」他問。

「我不知道。」

他抬頭看，揚起一邊眉毛，我這才明白自己的回答不是他預期之中的。一個正常、關愛的母親會堅持自己的女兒是溫柔或善良或純真的。我的答案則留下了其他比較陰暗的可能性。

「她嬰兒時期是什麼樣？」他問。「她有腸絞痛、會一直哭嗎？常常不肯吃飯或睡覺？」

「不，她很少哭。她總是很開心，總是在微笑，總是想要擁抱。我從沒想到當媽媽會這麼輕鬆，但的確是如此。」

「那後來她大一點之後呢？」

「一般總說兩歲的叛逆期很恐怖，但是她從來沒有。她是完美的小孩，直到……」我低頭看著蓋住我受傷大腿的床單，聲音愈來愈小。

「你想她為什麼會攻擊你，安司德爾太太？」

「我不知道。我們那天過得很愉快。我們才剛一起烤完餅乾。她坐在茶几前，喝她的果汁。」

「另外，你認為她是從垃圾桶裡拿到那塊破玻璃的？」

「她一定是去那裡拿的。」

「你沒看到？」

「我當時正在練小提琴，眼睛都專注在我的音樂上。」

「啊，對了。你丈夫跟我說過你是職業音樂家。你是在管絃樂團演奏嗎？」

「我是一個絃樂四重奏樂團的第二小提琴手。是個純女性的團體。」他只是點點頭，我感覺非得補充：「我們幾個星期前才剛在羅馬表演過。」

這似乎讓他很佩服。國外的演奏向來可以讓人佩服，他們只是不曉得我們演奏的酬勞有多低。

「我練習的時候非常專心，」我解釋。「或許就因此沒注意到莉莉起身去廚房。」

「你認為她怨恨你花時間練琴嗎？當媽媽講電話或在電腦前工作的時候，小孩常常會生氣，因為他們想要母親的全部關注。」

「之前她從來不會在乎。」

「或許這回有什麼不一樣了？或許你比平常更專注練琴？」

我想了一會兒。「唔，這個樂曲的確讓我覺得很挫折。這是新曲目，挑戰很大。後半部我一直練不好。」我暫停，回想起我如何吃力地拉奏那首華爾滋，還有那些可惡的音符脫離我控制時、又如何害我的手指抽筋。曲名*Incendio*是義大利文的「火焰」，但我的手指感覺卻像一根根冰柱。

「安司德爾太太，有什麼不對勁嗎？」

「兩個星期前——就是莉莉殺了我們家的貓那天——我也正在演奏這首曲子。」

「那是什麼樣的曲子？」

「是一首華爾滋，我從義大利帶回來的。我在一家古董店發現了這件手寫的樂譜。如果這不是巧合呢？」

「我不太相信我們可以把她的行為歸咎於一件音樂作品。」

這會兒我焦慮起來，被一連串新的思緒纏住了。「我也練習過其他同樣高難度的作品，但是練琴時莉莉從來沒有不乖過，也從來沒有抱怨。不過這首華爾滋有一些不太一樣的地方。我才拉過兩次，而兩次她都做出了可怕的事情。」

一時之間他沒說話，也沒寫字。他只是看著我，但我幾乎看得出他腦袋裡的齒輪在迅速旋轉。「描述一下這件音樂作品吧。你說是一首華爾滋？」

「旋律很令人難忘，是E小調。你對音樂懂得多嗎？」

「我彈鋼琴。請繼續說。」

「曲調一開始非常平靜又單純。我簡直懷疑原先並不是要寫成一首舞曲的。但接著變得愈來愈複雜。有一些奇怪的臨時記號，還有一連串魔鬼和絃。」

「魔鬼和絃？那是什麼意思？」

「也稱之為三全音或是增四度。在中世紀，這類和絃被視為邪惡的，被教會音樂禁止，因為這樣的音樂太不和諧、太刺耳了。」

「聽起來，這首華爾滋似乎不是那麼悅耳。」

「而且演奏的挑戰很大，尤其音階爬升到非常高的時候。」

「所以那些音符的音階非常高了？」

「比第二小提琴通常拉的範圍要高。」

他又暫停一下。我說的某些內容顯然激起他的好奇，過了一會兒，他才說：「當你拉奏這件作品的時候，是拉到哪一段，莉莉去攻擊你的？是在高音的那部分嗎？」

「我想是。我知道當時我已經翻到第二頁了。」

我看著他的筆輕敲著筆記板，那是一種緊張的節奏。「莉莉的小兒科醫師是誰？」他忽然問。

「謝里醫師。我們一星期前才去他那裡例行檢查過，他說她完全健康。」

「不過，我想我還是會打個電話給他。如果你願意的話，我想建議找神經科會診。」

「給莉莉？為什麼？」

「只是有個直覺，安司德爾太太。不過你或許提出了一個很重要的線索。發生的這一切，關鍵可能就在於那首樂曲。」

那一夜，趁著羅柏沉睡時，我起床下樓到客廳。他已經清理掉血跡，而那天稍早發生在我身上的事，唯一剩下的痕跡就是地毯上一塊潮溼的印子。譜架就在原來我留下的地方，上頭夾著〈火焰〉的樂譜。

在柔和的燈光下，很難看清楚音符，所以我拿著那張樂譜到廚房餐桌，坐下來更仔細檢視。我不知道自己應該尋找什麼，那只是一張普通的音樂手稿，正反兩頁都以鉛筆寫滿了音符。每一頁我都看到了這件作品匆促完成的痕跡：本來應該是弧狀的圓滑線只畫了斜線，音符只不過是五線譜上用鉛筆頓一下而已。我在這份樂譜上沒看到什麼邪惡的黑魔法，沒有隱藏的神秘記號或浮水印。但是這件作品中卻有個什麼影響到我的生活，把我女兒變成一個會攻擊我的人，一個嚇壞我的人。

忽然間我想毀掉這張樂譜。我想燒掉它，讓它化為灰燼，就沒辦法再傷害我了。

我拿著樂譜到瓦斯爐前，轉動旋鈕，看著爐頭呼嘘一聲冒出藍色火焰。但是我無法鼓起勇氣，從看到這首華爾滋的第一眼，我就對它著迷，而這張樂譜可能是全世界僅有的一份，我沒辦法毀掉它。

我關掉爐火。

獨自站在廚房裡，我看著那樂譜，感覺到它的力量從紙頁散發出來，像是火焰散發出熱力。

然後我納悶著：它是從哪裡來的？

羅倫佐

4
威尼斯，第二次世界大戰前

阿貝多．馬札有一把鍾愛的小提琴，這件傳家寶是兩百年前在小提琴製琴名城克雷摩納（Cremona）製作的，有一天他發現小提琴的面板上有一道小裂縫，心知只能找威尼斯最優秀的製琴師修理，於是他立刻前往教堂街那家布魯諾．托戴斯寇的店。布魯諾的手藝很有名，他以雕刻刀和木工刨刀將雲杉木和楓木轉變為樂器，而當琴弓擦過琴絃時，整把琴就像是活了過來。他從死去的木頭中召喚出聲音；而且不是普通的聲音而已；他製作的樂器能唱出絕美的音樂，因而從倫敦到維也納的管絃樂團都有人使用。

這一天阿貝多走進店內時，製琴師完全專注在自己的工作台上，沒注意到有顧客進來。阿貝多觀察布魯諾打磨著雲杉木雕刻過的表面，動作輕柔得彷彿在幫愛人按摩，同時阿貝多注意到這位製琴師工作時有多麼專注，整個身體前彎，彷彿要把自己的靈魂吹進木頭裡，好讓那木頭活過來為他歌唱。一個前所未有的念頭忽然出現在阿貝多的腦子裡。眼前是一位真正的藝術家，他心想，全心傾注於自己的手藝。根據阿貝多所聽說的，布魯諾沒有惡習，勤奮，而且從不欠債。他不常去猶太會堂，沒錯，但是他偶爾會出現，而且一定會恭敬地向長輩點頭致意。

布魯諾忙著修整雲杉木的精緻外殼，依然對上門的顧客渾然不覺，此時阿貝多仔細打量著這間店。一排發出微光的小提琴從琴頭處懸吊下來，全都裝好了琴橋和琴絃、可以拉奏了。一塵不染的玻璃櫃檯下頭是排列整齊的松香盒和備用琴橋、備用琴絃包。一片片乾燥過的雲杉木和楓木靠著工坊的後牆放置，等待著被切雕成樂器。阿貝多目光所及的每個地方，都看到了條理與紀律。這家店的店主是個不太會馬虎的人，他珍惜自己的工具，你可以相信他也會注重生活裡的種種重要細節。雖然布魯諾還不到四十歲，但是頭頂的頭髮已經開始稀疏了，他的身高只是中等，而且絕對不會被視為英俊。但是他的確有個不可或缺的特質。

他還沒結婚。

這一點他們的利益一致。阿貝多三十五歲的女兒愛洛意莎也還沒結婚。她不美也不醜，目前沒有追求者，除非想點辦法，否則她一輩子都嫁不出去。眼前布魯諾正對著工作台勤奮工作，對於即將當頭罩下的婚姻之網渾然不覺。阿貝多想要孫子孫女，因此他需要一個女婿。

布魯諾會是一個好女婿。

八個月後的婚禮上，阿貝多拿出那把布魯諾已經幫他修好的珍貴克雷摩納小提琴。他奏出幾十年前自己祖父教給他的那些歡慶歌曲，而這些曲子他日後還會在愛洛意莎和布魯諾生下三個小孩時拉奏。頭一個孩子是馬可，他一出生就嚎啕大哭又踢腳又揮拳，對世界滿是憤怒。三年後羅倫佐來報到，他出生時幾乎沒哭，因為他專心於聆聽世界，只要有任何人聲、任何鳥啼、任何阿貝多拉奏的樂音，他的腦袋就會立刻轉過去。十年後，當愛洛意莎四十九歲、很確定自己再也不會生小孩時，小皮雅這個奇蹟的女兒來到世上。他們是阿貝多渴望已久的寶貝，兩個孫子和一個孫女，而且不同於長相平庸的父母，這三個小孩都比他料想中俊美許多。

但是三個小孩中，只有羅倫佐顯露出音樂方面的才華。

兩歲時，一首歌只要聽過兩次，這個小男孩就可以唱出來，那些旋律深深蝕刻在他的記憶中，有如唱片上的溝紋。五歲時，他聽過兩次的音樂，就可以用他四分之一的迷你小提琴（是他父親在教堂街的店裡特別為他製作的）拉奏出來。到了八歲，每回羅倫佐在自己房間裡練習時，達卡萊福爾諾街上的路人都會駐足聆聽窗內傳來的音樂。很少人猜得到這麼美妙的音符是一個小孩的雙手用一把兒童小提琴拉出來的。羅倫佐和他外公阿貝多常常一起練習小提琴二重奏，從窗子流瀉而出的音樂吸引了許多聽眾，甚至遠達舊猶太區。有些人被這些純淨、甜美的音符深深打動，甚至當場流淚。

羅倫佐十六歲時，就能拉奏帕格尼尼的第二十四號隨想曲，於是阿貝多知道時機到了。這種高難度的樂曲應該要用適合的樂器演奏，於是阿貝多將他珍貴的克雷摩納小提琴交到那男孩的手上。

「但是外公，這是你的小提琴啊。」羅倫佐說。

「現在是你的了。你哥哥馬可根本不關心音樂，只關心他的政治。皮雅則是寧可成天作夢，希望有個童話裡的王子出現。但是你有天分。你會知道怎麼讓她歌唱。」他點點頭。「來吧，孩子。我們來聽聽你拉這把琴。」

羅倫佐把小提琴舉到肩膀上。一時之間他只是停在那裡，彷彿等著那木頭融入他的肉身。這把琴已經傳了六代，他外公的祖父曾把下巴靠在同樣的腮托上。所有曾在這把琴拉奏過的旋律，都儲藏在木頭的記憶中，而現在輪到羅倫佐加上自己的旋律了。

他的琴弓劃過琴絃，音符從那雲杉木與楓木所製、上了亮光漆的木盒中冒出來，令阿貝多激動不已。羅倫佐拉奏的第一件作品是他四歲時學的一首吉普賽樂曲，他刻意拉得很慢，好聽聽小提琴所發出每一個音符的聲音。接著他拉奏了一首輕快的莫札特奏鳴曲，然後是一首貝多芬的迴旋曲，最後以帕格尼尼收尾。透過窗子，阿貝多看到底下人群聚集，對著精采的樂音抬起頭來。

羅倫佐終於放下琴弓時，這群臨時聚集的聽眾發出掌聲。

「沒錯，」阿貝多喃喃道，被他孫子的演奏震懾住了。「啊沒錯，她注定屬於你。」

「她？」

「她有名字的，你知道：女魔法師（La Dianora）。這是我祖父還難以駕馭她的時候，幫她取的名字。他宣稱她每個小節、每個音符都要跟他作對。他從來沒能拉得很好，於是完全怪罪給她。他說她只服從那些注定擁有她的人。當他把她給我、聽著我從她身上哄出的音符時，他說：『她始終就注定是屬於你的。』就像我剛剛跟你說的一樣。」阿貝多一手放在羅倫佐的肩上。「她是你的了，直到你傳給你的兒子或孫子。也說不定傳給女兒。」阿貝多露出微笑。「好好保護她，羅倫佐。她可以傳許多代，不光是你這輩子而已。」

5

一九三八年，六月

「我女兒的耳朵很好，而且大提琴的技巧非常優秀，不過恐怕她缺乏專注力和毅力，」奧古斯托．拔波尼教授說。「能夠激發出音樂家最佳潛能的，莫過於公開演奏的前景，而且這或許會是她需要的動力。」他看著羅倫佐。「這就是為什麼我想到你。」

「孩子，你覺得怎麼樣？」阿貝多問孫子。「你可不可以幫我這位老朋友一個小忙，跟他女兒一起表演二重奏？」

羅倫佐來回望著阿貝多和教授，努力想找出一個藉口婉拒。他們叫他下樓來客廳時，他完全沒想到這會是他們要他一起喝咖啡的理由。媽媽端上了蛋糕和水果和撒了糖霜的餅乾，顯示出她對拔波尼教授的重視。拔波尼是阿貝多在威尼斯大學音樂系的同事，一身剪裁精良的西裝，加上獅鬃般的金髮，讓他不但是威嚴，而且非常嚇人。阿貝多似乎隨著老去的每一年而萎縮，但拔波尼則依然處於盛年狀態，動作大又胃口好，愛笑且笑聲響亮。他常來拜訪阿貝多，每次來訪時，那隆隆的笑聲可以直達羅倫佐位於三樓的臥室。

「你外公告訴我，說你今年可能會參加威尼斯大學的音樂比賽。」拔波尼說。

「是的，先生。」羅倫佐瞥了阿貝多一眼，後者臉上露出寵愛的微笑。「去年我沒辦法參加，因為我手腕受傷了。」

「但是現在都痊癒了嗎？」

「他現在拉得比以前更好了，」阿貝多說。「而且他現在曉得了，下那些該死的樓梯時不能用跑的。」

「你認為你贏得比賽首獎的機會有多大？」

羅倫佐搖搖頭。「不曉得，先生。參加比賽的有許多優秀的音樂家。」

「你外公說沒有人比你更優秀。」

「他這麼說，因為他是我外公。」

拔波尼教授聽了大笑。「沒錯，每個人都覺得家裡出了個天才！但是我認識阿貝多二十幾年了，他從來不是個誇大的人。」拔波尼大聲地喝了口咖啡，把杯子放回碟上。「你多大，十八歲？」

「十月就滿十九歲了。」

「太好了。我的勞拉是十七歲。」

羅倫佐從沒見過拔波尼教授的女兒，心裡想像她看起來就像她父親，大塊頭又大嗓門，雙手厚實且手指粗大，落在在大提琴的指板上就像槌子似的敲擊。他看著拔波尼教授從托盤上拿了一塊甜餅乾吃，小鬍子沾上了糖霜。拔波尼的雙手大得在鋼琴上可以彈到十一度音。對小提琴來說，像他那麼粗的手指只會互相碰撞而已。

「羅倫佐，我給你的提議是，」拔波尼說，擦掉小鬍子上的糖霜。「請你幫我一個大忙，而且我不認為這對你是太大的負擔。現在離比賽還有好幾個月，所以有充裕的時間可以準備一首二重奏。」

「跟你女兒。」

「反正你已經打算要參加威尼斯大學的比賽了，那為什麼不跟勞拉一起，報名小提琴與大提琴二重奏的項目呢？至於演奏什麼，我在想或許是卡爾·馬利亞·馮·韋伯的第六十五號作品，或是改編過的貝多芬第二號迴旋曲、作品五十一。也或者你可能偏好坎帕尼奧利的某首奏鳴曲。以你的程度這麼高段，這些全都可以考慮。當然這表示勞拉得努力練習，不過這正是她需要的動力。」

「但是我根本沒聽過她拉琴，」羅倫佐說。「我不知道我們兩個配合起來會怎麼樣。」

「你們有好幾個月的時間可以排練。我很確定你們會準備好的。」

羅倫佐想像要跟一個笨拙如牛的女孩困在一個令人窒息的房間裡，折磨上一小時又一小時；他想像聽著她胡亂摸索著拉出那些音符的痛苦；想像跟她一起上台，讓她糟蹋貝多芬或馮·韋伯有多麼羞辱。啊，他明白這是怎麼回事。拔波尼教授希望他女兒能得到最好的優勢，因此需要一個技巧好得足以掩飾她缺點的搭檔。他外公一定也明白是怎麼回事，而且會救他脫離這個苦難。

但是面對羅倫佐的目光，阿貝多報以令人氣惱的溫和微笑，彷彿這個安排已經講好且同意了。拔波尼教授是阿貝多最要好的朋友；羅倫佐當然非得答應。

「星期三來我家，大約四點吧，」拔波尼說。「勞拉會等著你的。」

「但是你講的那些曲目，我都沒有樂譜。我需要時間去找。」

「我的藏書室裡都有。我明天去學校，就會交給你外公，這樣你來之前就可以先練習。如果這些作品你都沒興趣，我家還有其他樂譜。我很確定你和勞拉可以找到你們兩個都喜歡的。」

他的外公給了他一個安撫的微笑。「這事情還沒成定局。你就先去跟那個女孩認識一下吧？」他建議。「然後再決定你是不是想跟她一起參加比賽。」

星期三快到四點時，羅倫佐帶著他的小提琴過橋，來到多爾索杜羅區。這是很受大學教授和學者們喜愛的區域，這裡的建築物也比他在卡納雷吉歐區的簡樸家宅要來得宏偉許多。他找到拔波尼家位於布拉加丁路的地址，被那巨大的門和上頭黃銅獅頭的門環給震懾住了。在他身後，運河裡的水輕拍著，船隻轟鳴著開過。在聖維歐河的人行橋上，兩名男子在爭執誰該花錢去修一面毀壞的牆。隔著他們激動的聲音，羅倫佐聽得見一把大提琴拉奏的聲音。那音符似乎同時迴響到各處，在磚頭和岩石和水面上到處彈跳。樂音是來自拔波尼教授住宅那些琥珀色調的牆壁裡頭嗎？

他敲了黃銅門環，聽到那敲門聲迴盪，有如雷鳴般響徹屋內。門打開，一個身穿管家制服的臭臉女人上下打量著他。

「對不起打擾了，不過我被通知四點來這裡。」

「你是阿貝多的孫子？」

「是的。我要來跟拔波尼小姐排練。」

那女人看著他的小提琴盒，草草點了個頭。「跟我來吧。」

他跟著她進入一條昏暗的走廊，牆上掛著男男女女的畫像，從外貌特徵看得出來，一定是拔波尼家的祖先們。在這棟大宅裡，他覺得自己像個闖入者，他的皮鞋在發亮的大理石地板上發出嘎吱聲。

他怯怯地問那管家：「教授在家嗎？」

「他應該很快就會到了。」大提琴的樂音愈來愈大，空氣似乎都隨著那響亮的音符而嗡嗡作響。「他要你們兩個直接開始排練，不必等他了。」

「拔波尼小姐和我還沒有經過正式介紹。」

「她正在等你，沒有正式介紹的必要。」那管家打開一道雙扇門，大提琴的樂音像甜美的蜂蜜流瀉而出。

勞拉．拔波尼坐在一扇窗旁，背對著他。在眩目的陽光下，他唯一能看到的就是她的輪廓，低著頭，肩膀往前擁抱著她的樂器。她拉奏著，不曉得他正站在後頭聆聽，挑剔地評估著她所奏出的每一個音符。她的技巧並不完美。他偶爾聽到走音的地方，而且她的十六分之一音符速度不穩定。但是她的攻擊很犀利，琴弓充滿信心地緊壓著琴絃，因而就連拉錯的地方聽起來都像故意的，每個音符都拉奏得毫無愧疚感。那一刻他不在乎她的長相。就算她的臉長得像驢子、臀部像母牛都無所謂。唯一重要的就是她琴絃之下奔流出來的音樂，帶著充滿熱情的魔力，感覺上那大提琴似乎有燒起來的危險。

「拔波尼小姐？那位先生來了。」管家說。

琴弓忽然靜止。一時之間，那少女仍傾身對著大提琴，彷彿不願意停止擁抱。然後她在椅子上坐直身子，轉過身來看他。

「好吧，」她暫停一下才說，「你不是我原先以為的那種可怕惡魔。」

「你父親是這樣形容我的？」

「爸爸根本沒形容過你。所以我才會往最壞的方向想。」她朝管家點了個頭。「謝謝，阿爾妲。你可以把門關上了，免得我們吵到你。」

那管家退下，留下羅倫佐單獨跟這個陌生女孩在一起。他本來以為她會是個女性版的紅臉、牛脖子拔波尼教授，但結果他看到的是一名異常美麗的少女，一頭長髮明亮得像黃金，在午後的陽光下閃耀。她直視著他，但是他無法判定她的眼珠是藍還是綠，而且他被她的目光搞得心煩意亂，一開始沒注意到她的雙臂上有許多起伏的舊傷疤。然後他看到那些燒傷的疤痕，儘管他很快就又抬起目光看著她的臉，卻掩飾不了自己的震驚。要是換了其他女孩皮膚毀損得這麼嚴重，就會臉紅或別開眼睛，或交叉起雙臂以遮掩那些疤痕。但是勞拉．拔波尼完全沒有這類反應。她雙臂完全不隱藏，彷彿以那些傷疤為榮。

「你拉得非常好。」他說。

「你好像很驚訝。」

「老實說，我不知道事先該有什麼期望。」

「我父親跟你說了我什麼？」

「不多。我得承認，這讓我感到疑惑。」

「你也以為會碰到一個可怕惡魔，對吧？」

他大笑。「老實說，沒錯。」

「那你現在怎麼想？」

他現在怎麼想？她當然美麗又有才華，但是她也有點嚇人。他從來沒碰到過這麼坦率的女孩，而且她直率的目光讓他不知道該說什麼才好。

「算了。你不必回答這個問題。」她朝他的琴盒點了個頭。「你不打算把你的樂器拿出來嗎？」

「所以你真的希望進行下去？跟我一起練習二重奏？」

「除非你還想跟我做別的事情。」

他臉紅了，趕緊轉移注意力，拿出他的小提琴。他可以感覺得到她在打量他，心想自己看起來一定很平凡，高瘦且動作笨拙，舊鞋刮痕處處，領口都磨損了。他沒為這趟來訪而特別打扮，因為他不打算讓惡魔勞拉留下好印象。但現在見到她，他就很後悔沒有穿自己的好襯衫，沒把皮鞋擦亮。第一印象是最持久的，他再也沒辦法回頭改變這一天了。他帶著認命的心情幫他的小提琴調音，迅速拉了幾段琶音，活動一下手指。

「你為什麼會答應跟我合作？」她問。

他專注在幫他的琴弓上松香。「因為你父親認為我們會成為出色的搭檔。」

「而他要求你，你就答應了？」

「他是我外公的好友兼同事。」

「所以你沒辦法拒絕。」她嘆氣。「你得對我誠實，羅倫佐。如果你真的不想跟我合作，現在就告訴我。我會告訴爸爸，說決定的人是我，不是你。」

他轉身面對她，這回他無法別開眼睛了，也不想。「我來這裡，是要跟你一起練琴的，」他說。「所以我想我們現在就該這麼做。」

她爽快地點了個頭。「那麼我們該從馮．韋伯開始嗎？先聽聽看我們的樂器配合得怎麼樣？」

她把馮．韋伯作品的樂譜放在譜架上。他忘了帶自己的譜架，於是就站在她後頭，從她的肩膀上方看譜。兩人距離好近，他可以聞到她的香氣，甜美得有如玫瑰花瓣。她短襯衫的蓬蓬袖鑲著蕾絲邊，頸部的細鍊子垂著一個小小的十字架，就在她襯衫最頂端鈕釦的上方。他知道拔波尼家信天主教，但是看到她鎖骨上那個發亮的金色十字架著實使他思緒停滯。

在他把小提琴抵在下巴之前，她就開始拉奏頭四個小節了。拍子很緩，她慢慢地把音符引導出來，音色圓潤深沉。雖然她的雙臂籠罩著醜陋的疤痕，卻能讓那把大提琴發出神奇的音符。他納悶她是怎麼燒傷的。小時候摔進壁爐裡？燒得滾燙的鍋子從爐子上翻倒下來？換了別的女孩會穿長袖衣服，勞拉卻大膽地展示出她毀損的皮膚。

到了第五小節，他的小提琴加入旋律。兩者完美和諧，形成的樂音比兩件樂器相加的總和要美妙太多。馮．韋伯的這件作品聽起來就該是這樣！但是這首曲子很短，他們很快就拉完了。即使在他們抬起琴弓時，最後幾個音符似乎仍繚繞在空中，像是悲傷的嘆息。

勞拉抬頭看著她，驚訝地張開嘴唇。「我從不曉得這件作品這麼美。」

他凝視著譜架上的樂譜。「我也不曉得。」

「拜託，我們再拉一次吧！」

他們身後傳來一個清嗓子的聲音。羅倫佐轉身，看到管家阿爾妲站在那裡，手裡端著一個放了茶杯和餅乾的托盤。她一眼都沒看他，只是看著勞拉。

「你之前說要茶點，拔波尼小姐。」

「謝謝，阿爾妲。」勞拉說。

「拔波尼教授現在應該要到家了才對。」

「你也知道他的毛病。爸爸從來不受任何時間表的控制。啊，阿爾妲？今天的晚餐會有三個人。」

「三個？」此時那管家才終於瞥了羅倫佐一眼。「這位先生也要留下？」

「對不起，羅倫佐。我應該先問過你的，」勞拉說。「或者你今天的晚餐有其他計畫？」

他來回看著勞拉和她的管家，感覺到這個房間裡的緊繃情勢凝結得厚重又險惡。他想到他母親，此刻想必已經在準備晚餐了。他又想到勞拉脖子上懸垂下來的那個金色十字架。

「我們家等著我回去吃晚餐。恐怕我得謝絕你們了。」他說。

阿爾妲的嘴唇彎出一個滿足的微笑。「所以今晚只有兩個人，跟平常一樣。」她說，然後退出房間。

「你非得這麼快趕回家嗎？還有時間再跟我多練幾首曲子嗎？」勞拉問。「我父親建議我們比賽時演奏坎帕尼奧利或貝多芬的迴旋曲。不過老實說，我對兩者都沒有特別喜歡。」

「那麼我們應該挑別的。」

「但是我沒練過其他作品。」

「你願意試試從沒練過的二重奏作品嗎？」

「什麼作品？」

羅倫佐從他的琴盒側袋裡拿出兩頁樂譜，放在勞拉的譜架上。「試試看這個。我想你視奏沒問題的。」

「女魔法師，」她說，朝著標題皺起眉頭。「這個曲名真有趣。」她拿起琴弓，開始興致勃勃地拉起來。

「不，不！你拉得實在太快了。這首曲子的速度應該是慢板。要是你一開始拉太快，後頭變成急板時，就沒有驚奇效果了。」

「我怎麼會曉得？」她凶巴巴說。「這張樂譜上完全沒說是慢板。而且我從來沒看過這首曲子！」

「你當然沒看過。我才剛寫完而已。」

她驚訝地朝他眨著眼。「這是你的作品？」

「是的。」

「那為什麼曲名叫〈女魔法師〉？」

「我的小提琴就叫這個名字，女魔法師。後半部我還在修改，因為聽起來不太對勁，不過我相信整體的旋律很扣人心絃。另外，這首曲子的安排讓兩種樂器都各有發揮，這在二重奏比賽裡會是我們的優勢。」

「啊，那個討厭的比賽！」勞拉嘆氣。「為什麼最大的重點是要比出誰是最好、誰是第一？我真希望我們演奏音樂，可以只是為了其中的樂趣。」

「你現在覺得樂在其中嗎？」

她沉默了一會兒，看著那首曲子。「是的，」她說，口氣帶著驚訝。「是的，我很樂在其中。但是有那個比賽要準備，就改變一切了。」

「為什麼？」

「因為這麼一來，重點就不是樂趣，而是自尊了。有關我的一件事應該要讓你曉得，羅倫佐。我不喜歡輸，從來就不喜歡。」她看著他。「所以如果要參加這個比賽，那我就非贏不可。」

6

接下來兩個月，每個星期三，羅倫佐都會走路過橋到多爾索杜羅區。他會在四點敲布拉加丁路的那扇門，永遠臭臉的那個管家會領他進門。他和勞拉會排練〈女魔法師〉，然後休息一下、喝茶吃蛋糕，有時拔波尼教授也會加入。之後他們會練習任何讓他們開心的曲子，但是到最後，他們總是又回去練習〈女魔法師〉，因為他們已經決定要以這首曲子參賽。

這首曲子裡，大提琴的部分讓勞拉很挫折。羅倫佐從她臉上看得出來：她深鎖的眉頭，她線條變得方正的下巴。「再來一次！」她不順暢地拉完一個困難的樂段後會這麼要求。接著是一次有瑕疵的排練之後：「再來一次！」然後：「再來一次！」這位少女凶悍得很，有時他都會被嚇到。然後在辛苦對付那個討厭的樂段一小時、忽然完全拉對了之後，她又會開心地大笑起來。光一個短短的下午，她就可以讓他驚喜又懊惱又著迷。

星期三再也不像其他日子了。現在他心裡都想著星期三是「勞拉日」，他會走進她家那棟屋宅，走進她的世界，同時忘掉他自己的世界。此時他可以跟她面對面坐在一起，近得可以在她以琴弓撫動琴絃時看到她臉上的汗水、聽到她輕柔的吸氣。二重奏遠遠不只是兩件樂器一起合奏而已，也在於兩人必須完全和諧，思考和心靈完全相連，你會很清楚哪一刻你的搭檔會抬起琴弓，以及在何時結束音符。

隨著比賽日期的逼近，他們的合奏日臻完美。羅倫佐想像他們在威尼斯大學的舞台上，兩人的樂器在燈光下發出光澤，勞拉的禮服落在她椅子周圍的地板上。他想像兩人完美無瑕的演出，還有她臉上勝利的微笑。觀眾鼓掌時，他和勞拉會在台上手牽著手，一再鞠躬。

然後他們會收好各自的樂器，向對方道別，一切到此結束。再也不必排練，再也沒有跟勞拉共度的午後。*我一定要記住這一刻。在我們各奔東西後，她留給我的就只剩下這些回憶了。*

「啊老天在上，羅倫佐！」她厲聲說。「你今天怎麼魂不守舍？」

「對不起。我搞糊塗了，不曉得我們在哪個小節。」

「第二十六小節。你在那邊有點小差錯，然後我們就沒有同步了。」她朝他皺眉。「出了什麼問題嗎？」

「沒事。」他轉動一下肩膀，按摩自己的頸部。「只不過我們已經練了好幾個小時了。」

「要不要停下來喝茶？」

「不用了，我們繼續練吧。」

「你急著要離開嗎？」

離開她是他最不想做的事情，但是現在快八點了，晚餐的香味開始從廚房飄過來。「時間不早了。我不想打擾你們太久。」

「我明白了。」她嘆氣。「我知道你被困在這裡跟我在一起，一定覺得很難受。」

「什麼？」

「我們不必喜歡對方。只要演奏時好好配合就行，對吧？」

「是什麼讓你覺得我不想跟你在一起？」

「這不是很明顯嗎？我邀請你留下來吃晚餐三次。每一次你都謝絕了。」

「勞拉，你不明白——」

「我應該明白什麼？」

「我以為你開口邀我，只是想表示禮貌而已。」

「要表示禮貌只會邀一次。三次邀請就絕對不是禮貌而已了。」

「對不起。我知道我在這裡，讓阿爾妲很不高興，我不想讓狀況變得更麻煩。」

「阿爾妲有這樣跟你說過嗎？」

「沒有。但是我從她臉上看得出來。從她看著我的表情。」

「啊，所以現在你會讀心術了。你看阿爾妲一眼，你就完全曉得她在想什麼。覺得哎呀，她不喜歡你，所以你當然不敢接受我的邀請。你這麼容易就會被生活的種種搞得氣餒嗎，羅倫佐？」

他也注視著她，被這些實話搞得不安。勞拉從不輕易膽怯。她的勇敢是他從來達不到的，勇敢得會揮動她那些醜陋的疤痕，像是在揮舞示警紅旗似的。現在她在挑戰他，要他像她一樣大膽，說出心中所想，無論後果是什麼。

她冷冷地放下大提琴。「你說得沒錯，」她說。「時間不早了。我們下星期見吧。」

「我真的很喜歡跟你在一起，勞拉。事實上，這裡就是我最想待的地方。」

「這是真正的羅倫佐在講話嗎？或者這是外交官羅倫佐，想說些禮貌的話，不要得罪我？」

「這是實話，」他低聲說。「一整個星期，我都盼著星期三，可以來這裡找你。但是我不像你這麼擅長說出自己的想法。你是我所認識最勇敢的女孩。」他低頭看著自己的腳。「我知道自己太謹慎了，向來如此。我怕說錯話或做錯事。我唯一覺得勇敢、真正勇敢的時候，就是演奏音樂時。」

「那好，我們就來演奏吧。」她拿起大提琴和琴弓。「或許你今晚會覺得有足夠的勇氣，可以留下來吃晚餐。」

「再喝一點葡萄酒，我們再喝一點吧！」拔波尼教授說，又幫兩人的高腳杯添酒。這是他們的第四杯還第五杯？羅倫佐已經搞不清了，但是有差別嗎？這個晚上是一段漫長、快樂的時光。留聲機裡播送著艾靈頓公爵的爵士樂，同時他們吃著阿爾妲精緻的蔬菜丁煮肉湯、接著是牛肝佐馬鈴薯，最後是蛋糕和水果和堅果。這是羅倫佐此生最愉快的一餐，又因為共享的人而更加愉快。勞拉坐在他對面，光裸的雙臂完全看得一清二楚，而他看到那些疤痕再也不會被嚇到了。不，那些疤痕只不過是他欽佩她的又一個理由。那些疤痕證明了她的勇氣，證明她願意展露自己的真貌，毫不心虛。

她父親大嗓門的談話和活力充沛的笑聲也同樣坦率。拔波尼教授想知道羅倫佐對於各種事物的意見。他覺得爵士樂怎麼樣？他比較喜歡路易．阿姆斯壯還是艾靈頓公爵？他認為小提琴在爵士樂中能扮演重要的角色嗎？

然後：「你對未來有什麼計畫？」

未來？除了三個星期後的比賽，羅倫佐幾乎沒辦法想得更遠了。「我打算跟我哥哥馬可一樣，去讀威尼斯大學。」

「你上了大學想主修什麼？」

「馬可建議我主修公共行政。他說這樣比較容易找到工作。」拔波尼教授嗤之以鼻。「研究公共行政這麼無聊的東西，你會覺得被活活埋葬的。音樂才是你拿手的。你不是已經在教小提琴了嗎？」

「是的，我有七個學生，全都是八、九歲。我父親認為我們應該在事業上合作。我教小提琴，他提供我的學生樂器。他希望我有一天能接手他的店，但是我沒辦法成為優秀的製琴師。」

「那是因為你不是木匠的料，你是音樂家。從你小時候，你外公就看出來了。你一定可以在某個管絃樂團裡找到職位吧？或者你應該考慮出國，說不定去美國。」

「美國？」羅倫佐大笑。「真是在作夢！」

「為什麼不勇敢作大夢？這又不是不可能的。」

「去美國就表示要離開我的家人。」他看著桌子對面的勞拉。*就表示要離開她。*

「我真的認為你應該考慮移民到國外，羅倫佐。這個國家正在改變，一切都將發生劇變。」拔波尼教授的聲音忽然壓低了。「現在時機很不好。我已經跟阿貝多談過其他的可能性，談過你的家人可以移民去哪些地方。」

「我外公絕對不會離開義大利的，而且我父親也沒辦法丟下他的事業。他在這裡建立了聲譽，而且他有一些忠誠的顧客。」

「沒錯，眼前是這樣，他的事業或許暫時還很安全。技術高超的製琴師不會一夜之間冒出一堆來，所以他不可能被輕易取代。但是誰曉得當政者接下來會怎麼做？誰曉得內政部接下來會發布什麼新的法令？」

羅倫佐點頭。「馬可也是一直這麼說。每一天的新聞都會有讓他憤慨的事情。」

「那麼你的哥哥注意到了。」

「我父親說我們不該擔心。他說這些法令都是政治遊戲，只是做個樣子，當政者絕對不會對付我們的。他說我們必須信任墨索里尼。」

「為什麼？」

「因為他知道我們是忠心的國民。他一再說過：這裡沒有猶太人問題。」羅倫佐信心十足地喝了口葡萄酒。「義大利不是德國。」

「你父親是這麼說的？」

「對，還有我外公也這麼說。他們相信墨索里尼永遠會支持我們。」

「唔，那麼，或許他們是對的。我希望他們是對的。」拔波尼教授在椅子上往後垮坐，彷彿持續愉快交談的力氣突然放盡。「你很樂觀，羅倫佐，就跟你外公一樣。這就是為什麼阿貝多和我這麼要好。他不會散播絕望和沮喪，只有開心，即使是在時局不好的時候。」

但這個晚上絕對是美好的時光，羅倫佐心想。有勞拉對他微笑，有喝不完的葡萄酒，留聲機播送著美妙的爵士樂，怎麼可能不是美好時光呢？就連看到阿爾妲冷冰冰的表情，也無法減弱他坐在拔波尼家餐桌前的愉悅。當他走出他們家的大門時，已經是凌晨一點多了。他走過空蕩的街道，要回自己家的卡納雷吉歐區，他不擔心途中會碰到什麼危險，也不煩惱會有閒晃的結夥流氓攻擊他。不，今夜他有一團幸福的雲護身，厄運無法沾上。拔波尼家歡迎他進門，且接納他成為朋友，把他當成藝術家讚美。之前勞拉親自送他到門口，他還清晰記得她在那塊長方形亮光中的剪影，揮手道別。他還聽得到她喊著：「下星期三見，羅倫佐！」

他一邊哼著〈女魔法師〉，一邊走進自己家的房子，把大衣和帽子掛好。

「是什麼讓你今天晚上這麼開心？」馬可問。

羅倫佐轉身，發現他哥哥站在廚房門口。看到馬可還沒睡，他並不驚訝；馬可好像要到天黑後才活力十足，然後會大半夜都不睡，跟他的朋友爭辯政治，或者仔細閱讀報紙和小冊子。馬可的頭髮一撮撮在腦袋上豎起，彷彿他一直用手指去抓過。他今夜看起來很凶惡，臉上鬍子沒刮，貼身汗衫沒有塞好，而且髒兮兮的。

「媽媽和皮雅很擔心你。」馬可說。

「排練過後，他們邀我留下來吃晚餐。」

「是嗎，吃到現在？」

「我度過一段很棒的時光，這是我有生以來最美好的夜晚！」

「要讓你開心就這麼簡單？只要允許你留在他們家吃晚餐？」

「不是允許，是邀請。不一樣的，你知道。」羅倫佐正要開始爬上樓梯，馬可抓住他一隻手臂。「老弟，要小心。你可能以為他們是站在你這一邊的，但是你怎麼可能知道呢？」

羅倫佐甩開他。「不是每個人都敵視我們的，馬可。有些人的確是站在我們這一邊。」

他拿著小提琴上樓，來到閣樓的臥室，打開窗子透氣。就連馬可也無法毀掉他這個夜晚。他想要唱歌，想對著全世界大喊他跟勞拉和她父親度過了一個多麼愉快的夜晚。在拔波尼家，樣樣事物似乎都快樂許多、明亮許多。那裡有暢飲不完的葡萄酒，有播送的爵士樂，一切似乎都是可能的。*為什麼不勇敢作大夢？*拔波尼向他提出挑戰。

那一夜，躺在床上，羅倫佐就照做了。他大膽想像關於美國，關於勞拉，關於兩人共度的未來。沒錯，一切似乎都是可能的。

直到次日，拔波尼教授來敲他們家的門，帶來了改變他們人生的消息。

7

一九三八年，九月

「威尼斯大學怎麼可以這樣對我？」阿貝多說。「我在那裡教書教了三十五年了！現在他們就這樣解雇我，沒有任何理由，沒有任何事前的徵兆？」

「其實有很多徵兆，外公，」馬可說。「這幾個月來，我一直在跟你指出這些徵兆。你也看到《台伯河日報》和《四藝週刊》的社論了。」

「那些報紙只是在胡扯一堆種族主義的謬論。不會有人相信那些謬論會帶來什麼真正的改變。」

「你也看過〈種族主義的科學家宣言〉了，那絕對是有事情要發生的前兆。現在果然發生了。」

「但是居然讓威尼斯大學毫無理由開除我？」

「他們有自己的理由。你是猶太人，對他們來說，這個理由就夠了。」

阿貝多轉向他的同事拔波尼，對方搖搖頭。他們全家人都坐在餐桌前，但是桌上沒有食物，沒有點心。羅倫佐的母親被這個消息搞得心煩意亂，都忘了自己身為女主人的應有職責，只是垮坐在椅子上，震驚得說不出話來。

羅倫佐的父親說：「這一定只是暫時性的，只是做做樣子，討好柏林那邊而已。」布魯諾向來是墨索里尼的忠誠支持者，於是拒絕相信這位領袖會反過來攻擊他們。「那雷歐內教授呢？他太太不是猶太人，但是她也會受到懲罰。記住我的話，沒幾個星期，這個政策就會撤銷了。威尼斯大學沒了猶太人老師，就沒辦法運作的。」

馬可懊惱地雙手往上一舉。「爸爸，你都沒看那份備忘錄嗎？這個命令也用在學生身上。現在義大利所有的學校都不准我們讀了！」

「他們有一個小小的通融，」拔波尼教授說。「最後一年的學生除外，所以你還是可以完成你的學業，馬可。但是羅倫佐？」他搖搖頭。「他不能去讀威尼斯大學，或是義大利的任何學校了。」

「即使我可以畢業，」馬可說，「拿到的學位又有什麼用？現在沒有人會雇用我了。」他的雙眼忽然閃出淚光，同時別開頭。他一直那麼用功，很確定自己人生的道路。他會成為公職人員，為義大利效命，就像他心目中的英雄政治家沃爾庇和路札提一樣。他夢想著成為外交官，還一直盤算著自己該學什麼外語，想著日後自己不曉得會去哪些國家工作。八歲時，他就在自己臥室的牆上釘了一張世界地圖，且因為手指在上頭勾畫得太頻繁，有些紙面都已磨損。現在那些希望全都死滅了，因為義大利背叛了他；義大利背叛了他們全家人。

馬可憤怒地抹了一下眼睛。「看看他們怎麼對待可憐的外公！他在威尼斯大學教了半輩子的書。現在他什麼都不是了。」

「他還是老師，馬可。」拔波尼說。

「沒有收入的老師。啊，但是猶太人不需要吃飯。我們可以靠空氣就活下去，不是嗎？」

「馬可，」他母親警告道。「放尊重點。這個情況不是拔波尼教授造成的。」

「那他和他的同事打算怎麼應對？」

「我們都很震驚，那是當然，」拔波尼說。「我們寫了一份抗議的請願書。我在上頭簽了名，另外還有許多其他學院的老師也簽了名。」

「許多？不是每個人都簽名？」

拔波尼垂下頭。「對，」他承認。「有些人害怕簽了名會有不好的後果。還有些人……」他聳聳肩。「唔，總之，他們從來就不是你們的朋友。現在又有傳言說，往後會有更多壞消息。說政府會提出新的法令，影響其他行業的猶太人。我敢說，一切都是從那份該死的〈科學家宣言〉開始的。那份宣言宣洩了這種瘋狂，給了每個人許可，讓他們把這個國家的所有問題都怪到你們頭上。」

一個月前，這份宣言刊登在《義大利日報》上，讓馬可憤怒不已。當時他揮舞著報紙衝進屋裡，喊著：「現在他們說我們不是真正的義大利人！他們說我們是外國種族！」從那天開始，他成天就大半在談這事情。他帶了一堆宣傳小冊子和報紙回家，夜裡仔細閱讀，為自己的憤怒更添燃料。每回的全家共餐都成了一個戰場，因為他父親和外公還是忠於法西斯政府，不肯相信墨索里尼會轉向來對付他們。晚餐桌上的爭執變得愈來愈火爆，因而有一次媽媽將一把刀重重放在桌上，嚇到大家，她宣布：「夠了！如果你們要殺掉對方，乾脆就用這把刀！至少這麼一來，家裡終於可以安靜點了！」

現在另一場爭執就要爆發，羅倫佐看到哥哥脖子上憤怒的血管凸出，看到媽媽放在桌上的雙手緊繃得像彎曲的爪子。

「這個宣言一定有辦法申訴的，」阿貝多說。「我會投書給報社。」

「是喔，」馬可嗤之以鼻。「一封投書就可以改變一切呢。」

布魯諾狠狠拍了一下兒子的頭。「那你要怎麼做？既然你這麼聰明，馬可，我相信所有事情你都有答案。」

「至少我沒瞎也沒聾，不像這個家的其他每個人！」馬可猛地站起來，椅子被往後用力一推，於是朝後翻倒。他就讓椅子倒在地上，自己氣沖沖走出餐室。

他妹妹皮雅跳起來跟著他。「馬可！」她喊道。「拜託不要離開。我討厭你們這樣吵架！」他們聽到她奔出大門，聽到她追著哥哥繼續喊。全家人裡頭，九歲的皮雅才是真正的外交官，她看到大家吵架總是非常煩惱，總是急著想讓大家講和。即使聲音沿著街道逐漸遠去，她也還在懇求哥哥回頭。

在屋裡，接下來是好一段凝重的沉默。

「那接下來我們要怎麼做？」羅倫佐的母親愛洛意莎輕聲問。

拔波尼教授搖搖頭。「你們什麼都做不了。我的同事和我會把請願書提交給校方。有些人也會投書給報社，但是不太指望他們會刊登。每個人都很緊張，每個人都怕會有不好的後果。怕政府日後會報復這些異議人士。」

「我們要公開大聲地宣示我們的忠誠，」阿貝多說。「提醒大家別忘了我們為這個國家所做過的一切。我們曾為了捍衛義大利去參與的那些戰爭。」

「沒用的。你們的猶太人協會發了一篇又一篇新聞稿，宣示自己的效忠。但結果有什麼好處？」

「那我們還能說什麼？還能做什麼？」

拔波尼教授想著接下來要講的話，整個身體似乎被這個答案的重量給壓垮了。「你們應該考慮離開這個國家。」

「離開義大利？」阿貝多在椅子上僵住了，怒不可遏。「我們家族住在這裡四百年了。我跟你一樣是義大利人！」

「我不是要跟你吵架，阿貝多。我只是給你建議。」

「要我拋棄自己的國家，這算哪門子建議？你這麼不重視我們的友誼，居然急著要把我們推上船離開？」

「拜託，你不明白——」

「明白什麼？」

拔波尼教授的聲音忽然壓得很低。「有一些謠言，」他說。「是從我國外的同行那邊聽到的。」

「是啊，我們全都聽到了謠言，但那就只是謠言而已，由那些發瘋的猶太復國主義者散播的，想說服我們反抗政府。」

「但是告訴我這些謠言的人，我知道他們向來頭腦冷靜，」拔波尼教授說。「他們說波蘭現在有一些事情在發生。說有大批驅逐的事情。」

「驅逐到哪裡？」愛洛意莎問。

「集中營。」拔波尼看著她。「女人和兒童也不例外。無論年齡、無論健康或生病，都會被逮捕遣送。他們的家和擁有的物品都被沒收了。有些我聽到的事情可怕到難以相信，我也不打算轉述給你們聽。但是如果這種事會在波蘭發生——」

「不會發生在這裡的。」阿貝多說。

「你對這個政府太有信心了。」

「你真的希望我們離開嗎？我們一家要去哪裡？」

「葡萄牙或西班牙。或者瑞士。」

「那我們要怎麼謀生？」阿貝多指著女婿，而這個女婿顯然還難以消化他們生活裡的這個巨大變化。「布魯諾有忠實的顧客。他花了一輩子建立了自己的聲譽。」

「我們不離開，」布魯諾突然宣布。他坐直身子看著妻子。「你父親說得沒錯。我們為什麼應該離開？我們又沒做錯事。」

「但是這些謠言，」愛洛意莎說。「想到皮雅在集中營……」

「讓她在瑞士挨餓會比較好嗎？」

「啊老天。我不知道我們該怎麼辦。」

但是布魯諾知道。他是一家之主，儘管他很少堅持自己的意見，但這會兒他表明這事情由他作主。「我不會丟下我辛苦建立起來的一切。我的店在這裡，我的顧客在這裡。而且羅倫佐有他的小提琴學生。全家人一起努力，我們可以撐過去的。」

阿貝多一手放在女婿肩膀上。「很好，所以我們想法一致。我們要留下。」

拔波尼嘆氣。「我知道要你們離開這個國家的建議非常極端，但是我必須把想法說出來。萬一事情很快惡化，萬一狀況忽然急轉直下，可能就沒有機會離開了。現在可能是你們最好的機會。」他從桌旁站起來。「我很遺憾把這個消息帶給你，阿貝多。但是我希望能讓你先有心理準備，免得先從別處聽到。」然後他看著羅倫佐。「來吧，小伙子，陪我走一段路。我們來討論一下你和勞拉排練得怎麼樣了。」

羅倫佐跟著他出門，兩人一起走向運河。但是教授一言不發，好像深陷在思緒裡，雙手在背後緊緊交握，眉頭深鎖。

「我也不想離開義大利。」羅倫佐說。

拔波尼心不在焉地看了他一眼，好像很驚訝他還在旁邊。「是啊，那是當然。沒有人想要離鄉背井。我也料到你會這麼說。」

「但你還是建議我們離開。」

拔波尼教授在那條窄街上停下，面對著他。「你是個頭腦清醒的孩子，羅倫佐。不像你哥哥馬可，我擔心他會做出什麼莽撞的事情，為你們全家帶來大禍。你的外公提到你總是評價很高。我自己觀察，也覺得你身為一個音樂家、身為一個人，都前途無量。所以我勸你要認真注意我們周遭所發生的一切。無論你哥哥有什麼缺點，至少他注意到了現在時局的變化。而你，也應該注意到了。」

「變化？」

「你沒注意現在所有的報紙都只有一種聲音，而且都是對猶太人不利嗎？這個態勢已經持續發展好幾年了。這裡的每一位報紙編輯都有一份官方通報。這一切很有可能蓄謀已久。」

「外公說那只是一些無知的人在亂鬧而已。」

「小心無知的人，羅倫佐。他們是所有敵人中最危險的，因為他們無所不在。」

下個星期三羅倫佐去排練時，他們沒提起這件事，再下個星期三也沒提。這兩個星期三他都跟拔波尼父女共進晚餐，但席間的談話只限於音樂：他們所聽過最新的唱片。羅倫佐覺得俄國作曲家蕭士塔高維奇如何?每個人都打算要去看狄西嘉（Vittorio De Sica）所主演的那部音樂喜劇片嗎?聽到傑出的製琴師歐瑞斯特・勘第（Oreste Candi）在熱那亞過世的消息真是令人難過。他們似乎都極力避免去談籠罩在頭上的那些暴雨雲，於是沒完沒了地聊著愉快或瑣碎的小事。

然而那個話題仍潛伏在餐室的角落，不祥得就像阿爾妲的冷臉。這位管家悄悄進來又出去，在每兩道菜之間清理餐桌。羅倫佐很納悶拔波尼家為什麼選擇留著這麼一個不友善的僕人。他推測是因為早在勞拉出生前，阿爾妲就已經是勞拉母親的貼身女僕，後來勞拉的母親在十年前死於血癌。或許這麼多年來，拔波尼父女早已習慣那張冰冷如岩石的臉，就像你習慣自己有內翻足或膝蓋的毛病一樣。

比賽三天前，羅倫佐跟拔波尼父女最後一次共進晚餐。

他們最後一次預演進行得特別出色，出色到教授站起來鼓掌。「其他二重奏組合都差太遠了!」他宣布。「你們的樂器就像兩個靈魂結合在一起，用一個聲音歌唱。今晚我們就先慶祝你們的勝利吧?我會開一瓶特別的葡萄酒。」

「我們還沒贏得首獎呢，爸爸。」勞拉說。

「只差個形式而已。他們應該已經把你們的名字寫在獎狀上了。」他倒了葡萄酒，把高腳杯遞給女兒和羅倫佐。「到時候，要是你們演奏得跟今天晚上一樣好，就不可能輸掉。」

他擠擠眼睛。「我知道，因為我聽過其他參賽者的演奏了。」

「怎麼會，爸爸？什麼時候？」勞拉問。

「今天，在學校裡。有幾組參賽者是維多里教授指導的。他們拉琴時，我正巧就站在排練室外頭。」

「卑鄙的爸爸！」

「怎麼，難道我該摀住耳朵不要聽？他們拉得那麼大聲，我都能聽到每個拉錯的音符。」他舉起自己的高腳杯。「來，我們來祝酒。」

「敬首獎。」勞拉說。

「敬能幹的評審！」她父親說。

勞拉滿面笑容看著羅倫佐。他從沒見過她這麼美，那張臉因為葡萄酒而發紅，頭髮在燈光照耀下有如液體黃金。「那你要敬什麼？」

敬你，勞拉，他心想。敬我們共享的每個寶貴時刻。

他舉起自己的酒杯。「我要敬帶領我們相聚的起因：敬音樂。」

羅倫佐走出拔波尼家的大門，暫停下來，吸入潮溼的夜間空氣。他逗留在寒冷中，傾聽著運河裡的河水拍打聲，想把這一夜、這一刻牢牢記住。這是他最後一次拜訪他們家了，但他還沒準備好要結束。往後他還有什麼可以盼望的？現在沒法進入威尼斯大學就讀，他唯一可以想像的未來，就是永遠待在父親的工坊裡，打磨或雕刻木頭，為其他音樂家打造樂器。他會在那個昏暗而灰撲撲的空間裡老去，變成他父親布魯諾的怨苦版；但是勞拉的人生會繼續下去。她會上大學，享受各種當學生的樂趣。會有派對和音樂會和電影。

還會有一些年輕小伙子，總是在她附近打轉，希望她能注意到自己。他們只要看到她一眼笑容，聽到她音樂般的笑聲，就會像是被施了魔法。她將會嫁給其中一個小伙子，生兒育女，她會忘記多年前那些星期三的下午，他的小提琴和她的大提琴一起奏出甜美至極的樂聲。

「這事情不會有好結果的。你一定也很清楚。」

他被那聲音嚇了一跳，趕緊轉身，猛得琴盒都刮過牆壁。是阿爾妲，她躲在拔波尼大宅旁小巷的陰影中。在街燈的黯淡光線下，她的臉根本看不清。

「現在就結束吧，」阿爾妲說。「去跟她說你不能參加這個比賽。」

「你要我放棄？我能給她什麼理由？」

「任何理由都可以。你動腦子想一下就是了。」

「我們排練了好幾個月，已經準備好要演奏了。為什麼我現在應該要退出？」

她回答的聲音很輕，其中卻懷著無言的威脅。「如果你不退出，會有一些後果的。」

他忽然大笑。他受夠了這個怪異的女人，老是在背景裡一張臭臉，老是把她的陰影籠罩在他和勞拉共度的每個傍晚。「你以為這樣就能嚇退我？」

「如果你有起碼的判斷力，如果你在乎她，你就應該被嚇退。」

「不然你以為我為什麼要參加比賽？都是為了她。」

「那就趁你把她拉進危險的水域之前，現在趕緊退出。她很純真，她不曉得有什麼即將要發生。」

「那你就曉得？」

「我認識一些人。他們會告訴我一些事情。」

他恍然大悟地注視著她。「你是黑衫軍，對吧？是他們叫你把猶太人嚇跑嗎？讓我像個老鼠似的趕緊溜掉，躲在陰溝裡？」

「小伙子，你什麼都不懂。」

「啊，我懂。我太懂了。但是這不會阻止我。」

他走開時，可以感覺到她的目光燒灼著他的背部，熱得像根撥火棒。憤怒驅使他急步離開多爾索杜羅區。阿爾妲警告他離勞拉遠一點，但結果恰恰造成反效果：他絕對不會退出比賽。不，他決定要參加，不能對勞拉失約。這就是幾個月來馬可憤怒的原因，馬可認為猶太人應該一吋都不讓步，應該要強烈要求、甚至奪取他們身為忠心義大利人的權利。他為什麼都一直沒注意到這一點？

躺在床上，他焦躁得難以入眠，一心只想著要贏。還有比贏得比賽更好的反擊方式嗎？他可以證明威尼斯大學否決他的入學資格，就失去了義大利最優秀的人才。沒錯，他就該這樣戰鬥，而不是像阿貝多所提議、寫一堆沒用的投書給報社，也不是像馬可說的要去遊行抗議。不，最好的方法就是努力飛得更高，比任何人都高。證明你的價值，大家自然會尊重你。

他和勞拉必須在台上大放異彩，讓所有人都不懷疑他們有資格拿到首獎。這就是我們戰鬥的方式，這就是我們贏的方式。

8

在那條幽暗的街道上，勞拉的緞子禮服顏色好黑，因而他頭先只看到一片隱約的閃爍。然後她從黑夜中浮現，忽然間就站在那裡，街燈的光照得她微微發亮。她的金髮梳到一側，形成一片黃金瀑布，肩上罩著一件天鵝絨短斗篷。他父親提著她的大提琴盒，黑西裝、打領結，看起來同樣高雅，但羅倫佐眼中只看到勞拉，一身黑緞，光彩奪目。

「你在外頭這裡等我們等很久了嗎？」她問。

「禮堂裡面人好多，幾乎坐滿了。教授，我外公要我轉告你，他幫你留了一個座位。在第四排左邊。」

「謝謝，羅倫佐。」拔波尼教授打量了他一下，讚許地點了個頭，「你們在舞台上會是俊美的一對，兩個都是。趕快進去吧，寒冷的天氣對你們的樂器不太好。」他把大提琴遞給女兒。「記住，頭幾個小節不要急。別讓你的緊張控制了節奏。」

「好的，爸爸，我們會記住的。」勞拉說。「你最好趕緊去找你的位子了。」

拔波尼吻了女兒一記。「祝你們兩個好運！」他說，然後朝禮堂走去。

一時之間，勞拉和羅倫佐沉默站在街燈下，注視彼此。「你今天晚上好美。」他說。

「只有今天晚上？」

「我的意思是——」

她笑出聲，用兩根手指碰他的嘴唇。「別說了，我知道你的意思是什麼。你今天晚上也很帥。」

「勞拉，即使我們沒有贏得首獎，即使在台上出了什麼差錯，也都無所謂了。我們在一起共度的這幾個星期——我們一起合奏的音樂——這些才是我會永遠記得的。」

「你講話為什麼好像今晚是個結束？這只是開始。贏得首獎就是我們的起點。」

只是開始。他們走進通往後台的門，他任憑自己想像與勞拉共度的未來。他想像兩人手拿樂器走進音樂廳的其他夜晚。勞拉和羅倫佐搭檔演奏，在羅馬！在巴黎！在倫敦！他想像多年以後她頭髮褪成銀色，臉上多了皺紋，但永遠、永遠美麗如昔。他想像著一次又一次重現此刻，跟勞拉一起走向通往後台的門，還有什麼比這個更完美的未來呢？

他們循著樂器調音的嗚響來到休息室，其他參賽者都聚集在這裡。調音忽然停止，隨著每個人轉過頭來看著他們，現場一片安靜。

勞拉脫下天鵝絨斗篷，打開琴盒。她沒理會那些注視的目光和不祥的靜默，只是拿著琴弓俐落地摩擦松香幾次，然後坐下來，開始調音。當一個穿著正式服裝的男子從房間另一頭快步走向她時，她連抬頭看一眼都沒有。

「拔波尼小姐，可以跟你談一下嗎？」那男子低聲道。

「或許晚一點吧，阿菲耶利先生，」她說。「眼前，我的小提琴搭檔和我得暖身。」

「恐怕有一點……複雜狀況。」

「是嗎？」

那男子刻意不看羅倫佐。「或許我們可以私下談談？」

「你可以就在這裡跟我談。」

「我不想搞出不愉快的場面。你一定知道最近那個政策上的變動。這個比賽只開放給義大利民族的音樂家。」他偷偷看了羅倫佐一眼。「你們的參賽資格被取消了。」

「但是我們的名字印在節目單上了。」她從琴盒中拿出那張紙。「這是一個月前公布的。我們的名字就在這裡，排在第二個上場。」

「節目表更改過。這件事情我說完了。」他轉身離開。

「才不是，」她喊道，聲音響亮得休息室裡人人都能聽到。他們全都看著她放下大提琴，跟著那男子走到房間另一頭。「你還沒給我一個好理由，解釋我們為什麼不能參加比賽。」

「我已經告訴你理由了。」

「那個理由很荒謬。」

「這是委員會的決定。」

「什麼，你們的順民委員會？」勞拉發出一個刺耳的笑聲。「他們已經安排我們表演二重奏，阿菲耶利先生。我們完全有權利表演。現在，請恕我失陪，我的小提琴搭檔和我得暖身了。」她轉身穿過房間，走向羅倫佐。那不是一般的走路，而是遊行似的，目光直直往前，肩膀挺直。她的雙眼明亮如鑽石，臉紅得像在發燒。其他樂手都很快讓開路，免得被這麼一股強大的力量給撞上。

「我們來調音吧。」她下令。

「勞拉，你可能會惹上麻煩的。」羅倫佐說。

「你想演奏還是不想？」她厲聲說，那是一個不明白恐懼滋味的女孩在向他發出挑戰。她沒想到過種種後果嗎？或者她實在太想贏，因而不在乎任何風險了？無論危險與否，他都會站在她旁邊。他們必須一起表現得無所畏懼。

他打開琴盒，拿出他的女魔法師。當他把小提琴舉到下巴、感覺那木頭貼著自己的皮膚時，他的神經就平穩下來。女魔法師從來不曾令他失望；好好拉奏她，她就會歌唱。在充滿回音的休息室裡，她發出的聲音好溫暖又好豐富，惹得其他樂手紛紛轉過頭來看。

阿菲耶利先生喊道：「匹瑞里和蓋達！你們是第一個，快點上台。」

第一組參賽者拿起樂器走向階梯，每個人都安靜下來。

羅倫佐懷裡抱著女魔法師，感覺到那木頭活生生的暖意，有如人類的肌膚。他看著勞拉，但她完全專注在上方傳來的歡迎掌聲。然後是大提琴微弱的絃聲，在木製舞台上悠揚響起。她專注傾聽著那樂音，目光往上，聽到一個顯然拉錯的音符，她的嘴唇彎出一個微笑。她跟他一樣渴望贏。從第一組人馬不妙的表現來看，他和勞拉怎麼可能不贏？他輕敲小提琴的指板，迫不及待想上台了。

第一組結束表演時，他們又聽到掌聲。

「我們是下一組，走吧。」勞拉說。

「站住！」阿菲耶利先生看到他們走向階梯，出聲喊道。「你們不能上台！你們沒排在節目裡。」

「別理他。」勞拉說。

「拔波尼小姐，我堅持你馬上停下！」

第一組的那兩個人剛走到舞台側幕。勞拉和羅倫佐就大模大樣地掠過他們身邊，進入舞台的燈光下。羅倫佐被照得目盲，根本看不見台下的觀眾。他聽到零星的掌聲，而且很快就停止了，只剩他和勞拉沉默地站在聚光燈下。沒有主辦單位的人出來介紹他們。沒有人宣布他們的名字。

勞拉走向大提琴手的椅子，高跟鞋清脆敲過木製舞台。她坐下時，椅腳發出一個響亮的刮擦聲。她迅速調整一下禮服的裙襬，將大提琴下端的琴腳插入防滑墊內。接著她的琴弓就位，轉頭望著羅倫佐微笑。

他忘了幾百個人正看著他。在那一刻，他眼裡只有勞拉，而她的眼裡也只有他。

他舉起琴弓時，兩人仍凝視著對方。他們彼此太熟悉了，一個字都不必說，不需要以點頭示意開始的時間。憑著音樂家的直覺，他們就知道要同時用琴弓摩擦琴絃的精確時刻。這是他們的世界，而且只有他們兩人，舞台上的燈光就是他們的太陽，兩人的語言以G調說出，音符完全協調，彷彿兩人心跳的節奏也必然一致。當他們的琴絃奏出最後一個音符，甚至這個音符都逐漸沉寂時，兩人仍看著彼此。

在某個地方，有一個人開始鼓掌。接著是另一個、又一個，然後是拔波尼教授清楚無誤的喝采聲：「好極了！好極了！」

他們在舞台燈光下擁抱，為完美無瑕的表演而開心大笑。當他們拿著樂器走下階梯時，兩人仍然笑得很開心，完全沉浸在自己的勝利中，因而沒注意到其他參賽者等待的休息室裡有多麼安靜。

「拔波尼小姐。」阿菲耶利先生出現在他們面前，一臉冷酷又憤怒。「你和你的同伴要立刻離開這棟建築物。」

「為什麼？」勞拉問。

「這是委員會的明確指令。」

「但是還沒宣布誰得獎。」

「你們不是正式參賽者，你們不可能得獎。」

羅倫佐說：「你剛剛聽到我們的演奏了。每個人都聽到我們的演奏了。你不能假裝沒發生。」

「正式來說，沒有。」阿菲耶利把一張紙揮到羅倫佐的面前。「這是新的規則，委員會昨天發布的。由於九月的法令，你們那個族裔的人不能進入這個或其他大學。而既然這個比賽是由威尼斯大學主辦，你就不准參加。」

「我不是猶太族裔。」勞拉說。

「你也被取消參賽資格了，拔波尼小姐。」

「只因為我的搭檔是猶太人？」

「沒錯。」

「這回比賽中，沒有一個小提琴手能比得上他。」

「我只是遵守規則而已。」

「但是你從來不質疑。」

「規定就是這樣。你違反規則，硬是上台表演。這個行為是非常惡劣的。你們兩個都得離開這棟建築物。」

「我們不會離開。」勞拉說。

阿菲耶利轉向站在他後方的兩名男子，下令道：「把他們帶出去。」

勞拉轉身，看著其他正在沉默旁觀的參賽者。「我們跟你們一樣是音樂家！這樣怎麼可能是公平的？你們都知道這是不對的！」

阿菲耶利的一個手下抓住她的手臂，開始要把她拖向出口。

看到那隻粗暴的手抓住勞拉，羅倫佐憤怒起來，把那男子拉開，推著他抵在牆上。「不准碰她！」

「禽獸！」阿菲耶利吼道。「你們都看到了，他們全都是骯髒的禽獸。」

一隻手臂架住羅倫佐的脖子，把他往後拖，同時另一個人的拳頭落在羅倫佐的腹部。勞拉尖叫著要那兩名男子住手，但他們繼續毆打羅倫佐的肋骨，他聽到一個令人噁心的骨頭斷裂聲。接著他們把他朝休息室另一頭的出口拖，沿路撞倒了好幾個譜架。

他被扔出門，臉朝下摔在冰冷的人行道上。嘴唇滲出血來，他聽見自己肺部的喘息聲，彷彿在努力掙扎著呼吸。

「啊上帝。啊上帝！」勞拉跪在他旁邊，幫他翻過身來，他感覺到她頭髮拂過他臉上，絲滑而芳香。「這是我的錯。我根本不該跟他們爭執的！對不起，羅倫佐。真是對不起。」

「不要覺得抱歉，羅拉。」他咳著坐起身，感覺街道在旋轉。他看到自己的血滴在白襯衫上，黑得像墨水。「絕對不要為了做正確的事情而道歉。」

「我反抗他們，但他們懲罰的卻是你。我太蠢了。站出來反抗對我來說很容易，但我又不是猶太人。」

她話中的殘酷現實像又一個拳頭擊中他，而且正中心窩。她不是猶太人，而他們兩人之間的那道鴻溝似乎從來沒有這麼寬過。他坐在那裡，血流到下巴，就像溫暖的眼淚，他只希望勞拉離開。離開就是了。

通往舞台的門咿呀打開，他聽到猶豫的腳步聲走近。是參賽的音樂家之一。

「我把你們的樂器拿過來了，」那名青年說，輕輕把大提琴和小提琴的琴盒放下。「我想確定交還到你們手上。」

「謝謝。」勞拉說。

那青年正要朝門走回去，又回頭看著他們。「他們這麼做是不對的。完全不公平。但是我能做什麼？我們任何一個能做什麼？」他嘆了口氣離開了。

「懦夫。」勞拉說。

「但是他說得沒錯。」羅倫佐努力起身，他搖搖晃晃站在那裡一會兒，努力和暈眩對抗。他腦袋清醒了，現在心碎地看清了一切。現在的世界就是如此。勞拉拒絕承認，但是他看到了令人痛苦的真相。

他拿起自己的琴盒。「我要回家了。」

「你受傷了。」她要去扶他的手臂。「我陪你走回去吧。」

「不要，勞拉。」他推開她的手。「不要。」

「我只是想幫忙！」

「這是我的戰役，你沒辦法幫我打。你要是參與，只會受到傷害而已。」他憤恨地笑了一聲。「而且大概還會害死我。」

「我原先不曉得會發生這種事，」她說，嗓子啞了。「我真的以為我們今天晚上會贏得首獎的。」

「我們應該贏的。在那個舞台上，沒有人比得上我們，就是沒有。但是我奪走了你能贏的任何機會。是我害了你，勞拉。我不會讓這種事情再發生了。」

「羅倫佐。」她看他要走就喊了一聲，但是他沒有停下。他一直走，琴盒抓得好緊，緊得他手指都麻痺了。他走過轉角，還是可以聽到她的聲音在建築物之間迴盪，喊他名字的聲音破成了淒涼的碎片。

他到家時發現沒人在；他們大概還在比賽的會場。他脫掉自己的髒襯衫，洗了臉。當血水旋轉著流入洗臉盆的排水孔時，他望著鏡中那張腫得像紫色氣球的臉。這就是你反擊的下場，他心想，而且勞拉目睹了整個羞辱的場面。她看到他被擊敗，看到他的無力。他垂下頭，雙手握拳，把染血的口水吐進洗臉盆裡。

「所以現在你就明白世界發生什麼樣的變化了。」馬可說。

羅倫佐抬頭，看著洗手台上他哥哥的鏡像，就站在他背後。「別來煩我。」

「我講了好幾個月了，但是你們都不聽。爸爸、外公，沒人聽得進去。沒人相信我。」

「就算我們之前相信你，那我們該做什麼？」

「反擊啊。」

羅倫佐轉身面對馬可。「你以為我沒試過嗎？」

馬可嗤之以鼻。「難以置信，你還活在童話裡，老弟。這幾個月我一直指出各種線索，但是你根本不肯面對，整個人包圍在你小小的愛情白日夢裡。你和勞拉・拔波尼？你真以為你們能有什麼結果嗎？」

「閉嘴。」

「啊，她很漂亮，沒錯。我看得出她很有魅力。或許她也對你有意思。或許你希望兩家人會贊成，讓你們結婚。」

「閉嘴。」

「但是萬一你沒注意到，容我提醒一下，這種發展很快就會被法律禁止了。你沒看到大議會的最新公告嗎？他們正在草擬一條新法令，要禁止異族通婚。這麼多改變，但是你以前從來沒注意到。當全世界在你周圍崩塌，你只一心想著你的音樂和勞拉。要是你真的在乎她，你就會忘了她。否則，只會讓你們兩個都心碎而已。」馬可伸出一手，堅定地放在他肩上。「理智一點，忘了她吧。」

羅倫佐忽然視線模糊起來，於是抹去淚水。他想甩掉馬可的手，想叫他去死，因為關於理智的建議是他現在最不想聽到的。但是馬可說的一切都沒錯。勞拉對他來說是遙不可及的。一切對他來說都是遙不可及的。

「我們有一條出路。」馬可低聲說。

「什麼意思？」

馬可的聲音壓得更低。「離開義大利。其他人家都正要離開。你也聽到過拔波尼教授說的了。我們應該移民到其他國家。」

「爸爸絕對不會離開的。」

「那我們就得自己走，沒有他，沒有其他人。他們困在過去，絕對不會改變的。但你和我，我們可以一起去西班牙。」

「丟下他們？你真有辦法跟媽媽和皮雅說再見，再也不回頭？」羅倫佐搖搖頭。「你居然會考慮這樣？」

「事態可能會逼我們走到那一步。到最後恐怕不會有別的辦法，其他家人可能不願意承認接著要發生的事情。」

「這個辦法是我絕對不會──」他停下，因為聽到門轟然關上的聲音。

他們的妹妹喊道：「羅倫佐？羅倫佐？」皮雅跑進來，張開手臂抱住他。「他們跟我們說你發生的事情了！我可憐的哥哥，他們怎麼會這麼壞？你傷得很嚴重嗎？你還好嗎？」

「我很好，小皮雅。只要你在這裡照顧我，我就一定會好起來。」他雙手擁抱她，在她彎下的頭上方跟他哥哥眼神交會。看看她，馬可。你會不管她就離開義大利嗎？

你會丟下我們的妹妹嗎？

茉麗亞

9

一間又一間候診室。自從我女兒用破玻璃刺傷我之後，我們的生活就歸結為這樣：莉莉和我，坐在一連串醫師看診處的沙發上，等著護理師喊她的名字。一開始我們去找她的小兒科醫師謝里醫師，他似乎有點擔心自己可能漏掉什麼嚴重的腦部毛病。然後有個下午我們去看了小兒神經醫學家薩拉札醫師，他問了一些我已經一再聽過的問題。莉莉有過熱痙攣嗎？她曾經摔倒而失去意識嗎？她出過什麼意外、或撞到過頭部嗎？沒有，沒有，沒有。儘管沒人認為我才是需要精神科醫師的人，讓我鬆了口氣，但現在我面對著一個更恐怖的可能性：我女兒的腦部有很大的毛病，使得她兩度發狂。她才三歲，就已經屠殺我們家的貓，又刺傷我的大腿。等到她十八歲的時候，還會做出什麼事來？

薩拉札醫師要求做一系列新的檢測，導致我們後來又坐在一連串的候診室。莉莉拍了X光，結果正常；做了血液檢驗，結果也正常；最後是照腦電圖。

毫無結果。

那個星期五下午，我來到薩拉札醫師的診間。「如果不正常放電只限於腦皮層下的區域，那麼腦電圖有時就可能會漏掉某個病變。」薩拉札醫師這麼告訴我。

那一天過得很漫長，我的注意力很難集中在他講的話上頭。我不認為自己很笨，但是拜託——他剛剛說的是什麼鬼？薇兒陪著莉莉在外頭的等候室，隔著關上的門，我聽得到我女兒在喊我，於是更加分神。我很不高興羅柏沒陪我來，而且我額頭上次撞到茶几的地方還在痛。現在這個醫師又不跟我講淺白的英語。

他又丟出了其他字眼，對我來說像是外國話。像灰質異位這樣的神經發展缺陷。神經影像技術。大腦皮層的電活動。複雜型局部癲癇發作。

最後這一串話裡有一個字眼特別鮮明，立刻就吸引了我的注意力。癲癇發作。「慢著。」我插嘴。「你的意思是，莉莉可能有癲癇？」

「雖然她的腦電圖看起來很正常，不過還是有可能兩次事件是某種癲癇發作的表現形式。」

「但是她從來沒有痙攣過。至少我沒看到。」

「我談的不是典型的強直陣攣發作，就是會失去意識、四肢抽動那種。不，我指的是她的行為可能是癲癇的表現形式。這是我們所謂的複雜型局部癲癇發作。這種狀況常常被誤診為精神疾病，因為病患在發作時看起來很清醒，甚至能執行複雜的行為。比方說，他們會不斷重複講一個詞，或者會繞圈子走路，或者會扯自己的衣服。」

「或者會戳刺別人。」

他暫停一下。「是的。那也可以視為一種複雜的重複動作。」

我忽然想起一件事，血流下我的腿。一個人的聲音，單調而機械化。「『傷害媽咪，』」

我喃喃道。

「你說什麼？」

「她刺傷我之後，一直講著兩個詞。『傷害媽咪，』一次又一次。」

他點頭。「那當然算是一種重複的行為。因為這些病人完全沒意識到自己的環境，所以可能會陷入危險的狀況。醫學界已經知道，他們是會走到車陣或摔出窗外的。而等到發作結束，他們完全不記得發生了什麼事，會有一段他們無法解釋的空白時間。」

「所以她沒辦法控制？她不是故意要去傷害任何人？」

「沒錯。假設她那兩次的行為是發作的話。」

聽到我女兒可能有癲癇，我竟然覺得鬆了口大氣，這樣好奇怪，不過我現在的感覺恰恰就是如此，因為這解釋了過去可怕的幾個星期。這表示莉莉對自己所做的那些事情無能為力。這表示她還是我原先深愛的那個可愛女兒，我不必怕她了。

「這是可以治療的嗎？」我問。「可以治癒嗎？」

「或許不是治癒，但是發作可以控制，而且我們有很多抗癲癇藥物可以選擇。不過先不要操之過急，我還不確定這就是她行為的原因。我還想再幫她做一個檢驗，稱之為腦磁圖，簡稱 MEG，會記錄腦子裡的電流。」

「腦電圖做的不就是這個嗎？」

「對於腦電圖可能漏掉的病變，比方在腦部皺褶深處的，腦磁圖要敏感得多。為了做這個檢驗，病患要坐在一張椅子上，戴著某種頭盔。即使她稍微有點動來動去，我們還是可以記錄電流。我們會採用各種刺激方式，看會不會改變她的腦部活動。」

「什麼樣的刺激方式？」

「以你女兒的狀況，我們會採用聽覺的刺激。你說過，她兩次表現出這種攻擊性的行為時，都剛好是你在拉奏一首特定的小提琴作品。而且是音階非常高的。」

「你認為是音樂引起了這些發作？」

「理論上有可能。我們知道發作可能是由視覺刺激引發的——比方閃爍的光，或是重複的閃光。或許莉莉的腦部對於某種頻率的音符、或某些特定的音符組合特別敏感。我們會透過她的頭戴式耳機播放這首音樂給她聽，同時監控她的腦部電流活動。看是不是能引發同樣的攻擊行為。」

他的建議聽起來非常合理，當然是必須做的。但這也意味著有個人得錄製〈火焰〉，而我想到要演奏那些音符就很擔心。現在這首華爾滋會讓我聯想到血、疼痛，我再也不想聽到了。

「我會安排下星期三做腦磁圖。在那之前，我們要先拿到這首音樂的錄音。」

「這首音樂沒有任何錄音。至少——我不認為有。那是我在一家古董店買來的手稿。」

「那麼你就自己演奏、錄下來吧？你可以把錄音檔用電子郵件寄給我。」

「我沒辦法。我的意思是……」我深吸一口氣。「這首作品技術難度很高，我還沒辦法駕馭。不過我可以拜託我的朋友葛爾達幫忙錄音。她是我們絃樂四重奏樂團的第一小提琴手。」

「很好。那就麻煩她星期二之前把檔案寄過來。另外下星期三早上八點，請帶莉莉到醫院來。」他微笑著闔上莉莉的病歷。「我知道這段時間對你來說很辛苦，安司德爾太太。希望這個檢查能給我們答案。」

10

這回的檢查羅柏也來了，但出於某些原因讓我很火大。在此之前，所有的開車、所有的等待、所有接送莉莉去醫師診間和檢驗中心的，都是我。但直到現在，到了最重大的一關，羅柏才終於決定現身。腦磁圖技師帶著我們的女兒到隔壁房間要進行檢測，然後羅柏和我就坐在候診室一張很醜的格子布沙發上。雖然我們並肩坐在一起，但是沒有握彼此的手，連碰觸都沒有。我打開茶几上的一本女性雜誌，卻緊張得看不下，就只是漫無目的地翻著一頁頁亮光紙，看著那些皮包和高跟鞋和皮膚完美無瑕的模特兒。

「至少這是可以治療的，」羅柏說。「要是一種抗癲癇藥沒用，反正總有另一種可以試的。」當然，他已經查過所有藥物了。我丈夫整理出一頁又一頁印出來的資料，上頭列出各種癲癇藥物，包括劑量和副作用。現在莉莉的問題有了個名字，他準備好要像任何行動派那樣去對付。「如果任何藥物都沒用，他們還可以試試神經外科手術。」他補充，好像這是個令人安慰的消息。

「他們根本還沒有診斷結果，」我打斷說。「不要談開刀了。」

「好的，對不起。」他終於來握住我的手。「你還好嗎，茱麗亞？」

「我又不是病人。你為什麼要問我？」

「謝里醫師跟我說，當小孩生病的時候，整個家庭也就變成一個病人。我知道這對你來說很辛苦。」

「對你就不辛苦？」

「你必須承受主要的壓力。你都沒睡覺，而且很少吃東西。你想如果你找個人談談，會有幫助嗎？麥可跟我推薦了一位精神科醫師，是女醫師，她的專長是——」

「慢著。你跟你的同事談起我？」

他聳聳肩。「我們聊天時碰巧提到。麥可問起你和莉莉最近怎麼樣。」

「希望你沒告訴他所有難堪的細節。」我抽出被他握住的手，揉著我因為跟他談話而開始發痛的頭。「所以，現在你同事認為我需要心理諮商了？」

「茱麗亞，」他嘆氣，一手攬著我的肩膀。「一切都會沒事的，好嗎？無論發生了什麼，無論檢驗結果是什麼，我們都會一起度過的。」

檢驗室的門打開，我們兩個同時抬頭看著薩拉札醫師向我們走來。「作為患者，莉莉非常乖巧。」他微笑著說。「技師現在正在用一些玩具讓她忙個不停，所以我們來談談結果吧。」他坐下來面對我們，我努力想解讀他的表情，但唯一看到的就是淡淡的微笑。「在檢驗中，我們用一些不同的刺激挑戰她，視覺和聽覺都有。閃光，不同的音調。大聲和小聲，高頻率和低頻率。但是沒有一個引發出任何發作的狀況。她腦部的處理和反應都完全正常。」

「你的意思是，她沒有癲癇？」羅柏問。

「是的。根據這些結果，我必須說她沒有癲癇。」

我覺得自己好像在雲霄飛車上又衝進了另一個連續轉彎區。我原先已經接受癲癇是莉莉行為的原因；但現在我無法對這一切做出解釋，這比癲癇更糟，因為我回到原點，那就是：我女兒是殺貓兇手，我女兒會刺傷媽媽。這個怪物會重複唸叨著傷害媽咪、傷害媽咪，同時拿著破玻璃刺進我的腿。

「目前我看不出有做進一步檢測的必要，」薩拉札醫師說。「我想莉莉是個完全正常的小孩。」

「那怎麼解釋她的行為？」我問。是的，頭先讓我們來到這裡的，就是這個惱人的小問題。

「現在我們已經排除了神經系統異常的可能性，去找兒童心理學家諮詢，可能會比較適合。」薩拉札醫師說。「她年紀很小，但是她的行為可能有某種意義，即使只有三歲而已。」

「你們在檢驗時試過了所有可能嗎？你們有播放那首華爾滋給她聽？我知道葛爾達已經把錄音檔寄給你們了。」

「是的，我們播放了。順便說一聲，那首作品很美，非常難忘。我們整首播放了三次，讓莉莉用耳機聽。我們唯一看到的，就是在她的右額前和頂葉皮質區有一些增加的電流活動。」

「這是什麼意思？」

「醫學上認為，腦部的這些特定區域，是跟長期的聽覺記憶有關。當你第一次聽到某些聲音，比方隨便一串聲調，就只會記住幾秒鐘。但是如果你重複聽上幾次，或者有個人意義的，那麼這些聲調就會再循環，經過海馬迴和大腦的邊緣系統，得到情感標籤，儲存在大腦皮質。因為這首華爾滋儲存在莉莉的長期記憶區，顯然她之前已經聽過幾次了。」

「可是她沒有。」我不知所措地來回看著羅柏和薩拉札醫師。「我只在她面前拉奏過兩次。」

「即使在子宮裡，胚胎也能記住聲音和音樂。大概在你懷孕時，她就聽你練習過。」

「但我幾周前才得到這份樂譜。」

「那麼或許她是在別的地方聽過。說不定是托兒所？」

「那是沒有出版過的作品。」我愈來愈焦慮不安的同時，薩拉札醫師和羅柏看起來卻冷靜得令人發瘋。「我沒聽說過這件作品有任何錄音，全世界任何地方都沒有。所以怎麼可能會在她的長期記憶中呢？」

薩拉札醫師伸手過來拍拍我的手。「沒什麼好激動的，安司德爾太太，」他用他那種撫慰的、我知道所有的答案的聲音。「你是職業音樂家，所以你處理聲音的方式大概跟大部分人不同。要是我播放一首新曲子給你聽，我相信你立刻就能記住，搞不好到下個月都還記得，因為你的大腦習慣性做好準備，立刻就把這首曲子直接送到長期記憶裡。看起來你把這個了不起的技能遺傳給你女兒。另外，你丈夫是有數學天賦的。」薩拉札醫師看著羅柏。「數學和音樂能力似乎跟腦部有很強的關聯。從小就開始學著認譜、演奏樂器的兒童，往往也很有數學天分。所以你的基因大概也有所貢獻。」

「我覺得完全合理。」羅柏說。

「我看過一本莫札特的傳記，裡頭說一件作品他只需要聽過一次，就可以把樂譜全都寫下來。那是真正的音樂天賦，而你女兒顯然也有這樣的天賦，就跟你一樣。」

但是我女兒不像我。儘管〈火焰〉的旋律我可以哼頭幾個小節，卻絕對記不住。而在我三歲女兒的腦子裡，這首華爾滋卻是深深嵌入的永久記憶。是舊日的古老記憶。

看過薩拉札醫師之後，我們家出了個小莫札特是羅柏帶走的訊息，他一路微笑著開車回家。結果我們的女兒沒有癲癇，而是個金髮音樂天才。他忘了一開始為什麼要送她去做腦部檢驗，還有這一連串的看醫師、照X光、腦電圖是怎麼開始的。他沒有那些疼痛糾纏著他不放：我倒地撞到茶几後，隱隱的頭痛就揮之不去；我大腿上正在痊癒中的割傷雖然已經拆線、仍不時抽痛。他已經開始去想他的天才女兒，跳過了那個沒人回答過的問題：為什麼我女兒要攻擊我？

我們到家時，莉莉已經睡著了，羅柏把她從兒童座椅上抱起來上樓去她房間，她都沒有醒來過。我也累壞了，羅柏再度離家去上班，我就躺在我們的床上小睡一下。但是當我閉上眼睛，唯一看見的就是莉莉的臉，那張臉好像我。

而且好像我母親。那個我不記得的母親。那個沒人想談的母親。

根據薇兒姑媽的說法，我母親在音樂方面很有天分，會唱歌，會彈鋼琴。我父親卻毫無音樂細胞，他唱歌會走音，不會看樂譜，跟不上拍子。如果音樂才華會遺傳，那麼我這方面是繼承我母親，而且經由我，這些基因又傳給了莉莉。那麼，在我不知情的狀況下，還遺傳了什麼給我女兒？

我從小睡中醒來時，發現太陽已經落到樹林後方，臥室籠罩在陰影中。我睡了多久？我知道羅柏下班回來了，因為我聽到樓下有個廚房的櫃子砰地一聲關上。他一定是發現我還在睡覺，就決定自己開始做晚餐。

我昏昏沉沉地爬下床，從房門口朝外喊：「羅柏，冷藏庫裡有正在解凍的豬排。你看到了嗎？」

樓下有個鍋蓋發出嘩啦聲。

我打了個呵欠，拖著腳步走向樓梯，同時朝下喊：「我馬上過來。我可以接手。你真的不必——」

我的雙腳忽然往前衝出去。我想抓欄杆穩住身子，但是我下方彷彿有一道深深的裂口打開，我踉蹌著摔進去，墜落，滑行。

當我睜開眼睛時，發現自己躺在樓梯腳下頭。我雙臂和雙腿都沒法動，但是當我想翻身為側躺時，側腰感覺到一陣刺痛，像是被矛刺入。我啜泣著又倒回去仰天躺著，感覺腳下有個什麼滑走，嘩啦啦溜過木頭地板。那是個粉紅色的小東西，撞上了幾呎外的牆壁。

一輛小小的塑膠車。是玩具。

「羅柏！」我大喊。他一定聽到我摔下樓梯了。為什麼他沒回應？為什麼他沒走出廚房？「救命。羅柏，來救我……」

但是走出廚房的不是羅柏。

莉莉走向那輛玩具車，撿起來打量著，那種超然的目光就像一個科學家在審視某個失敗的實驗。

「原來是你，」我低聲說。「是你弄的。」

她看著我。「該起床了，媽咪。」她說，然後走回廚房。

11

「她是故意的。她把那輛玩具車放在第二個階梯，算準我一定會踩到而滑倒。然後她又故意在廚房製造聲音，好把我吵醒，吸引我下樓。她希望這個狀況發生。」

我丈夫盡力維持平靜的表情，他坐在我的床邊，我則背後墊了幾個枕頭靠坐著，因為吃了止痛藥維柯汀而昏昏沉沉。我沒有骨折，但是背部因疼痛而緊繃，而且我只要稍微移動，肌肉就又會開始痙攣起來。他沒看我，只是看著羽絨被，好像無法鼓起勇氣跟我對視。我知道自己的話聽起來很荒謬，宣稱一個三歲小孩策劃要殺我，但是止痛藥讓我腦袋一團混亂，而且一大堆可能性包圍著我盤旋，像是有毒的蚊蚋。

莉莉在樓下跟我姑媽薇兒在一起，我聽到她喊著：「媽咪？媽咪，來跟我們玩！」我心愛的女兒。聽到她的聲音，我打了個哆嗦。

羅柏煩惱地嘆了口氣。「我會幫你去預約，茱麗亞。這個醫師的風評非常好。我想她可以幫你。」

「我不想看精神科醫師。」

「你得找個人談談。」

「我們的女兒想殺我。需要心理諮商的人可不是我。」

「她沒有想殺你。她才三歲啊。」

「你當時不在場，羅柏。你沒看到她打量那個玩具汽車，好像搞不懂為什麼它不管用。為什麼它沒害死我。」

「你聽不到她現在就在喊你嗎？那是我們的寶貝，她要找你。她愛你。」

「她很不對勁。她變了。她再也不是原來的那個寶寶了。」

他移過來坐在我床緣，握住我一隻手。「茱麗亞，你還記得她出生的那天嗎？還記得你因為太高興而哭了嗎？你一直說她有多麼完美，而且你不肯讓護理師抱走她，因為你受不了跟她分開。」

我垂下頭，不讓他看到滑下我臉頰的淚水。是的，我還記得自己當時喜極而泣。我還記得當時想著，為了保護我女兒的安全，我願意跳下懸崖。

他撫摸著我的頭髮。「她依然是我們的女兒，茱麗亞，而且你愛她。我知道你愛她。」

「她不是原來那個小女孩了。她已經變成另一個人，甚至不是人類了。」

「都是止痛藥害你講這些。你就睡覺休息吧。等到你睡醒了，就會搞不懂自己為什麼會說這些怪話了。」

「她不是我的寶寶。她已經不一樣了，自從……」我抬起頭，同時記憶在我的維柯汀迷霧中逐漸成形。一個溫暖而潮溼的午後。莉莉坐在露台上。我的琴弓滑過小提琴的琴絃。

一切就是從那個時候開始變樣的。惡夢就是從那個時候開始，從我第一次拉奏〈火焰〉之時。

我的朋友葛爾達住在波士頓外米爾頓的郊區，位於一條安靜小巷的尾端。我開車駛入她家車道時，看到她的草帽在翠雀花盛開的花園裡上下擺動，而她一看到我，就輕易地起身。滿頭銀髮的葛爾達六十五歲了，但身手還是靈活得像十來歲。或許我也該開始學瑜伽了，我心想，看著她大步走來，一邊脫掉園藝手套。我的年紀只有她的一半，但今天僵硬的背部讓我感覺自己老了。

「抱歉我遲到了，」我說。「我中間得去郵局一趟，結果排隊都排到門外了。」

「唔，你現在人來了，這才是最重要的。進來吧，我剛剛做了檸檬水。」

我們走進她雜亂的廚房，裡頭一束束香草植物從天花板的樑木懸吊下來。冰箱上放著一個她以前撿到的廢棄舊鳥巢，窗台上她收集的貝殼和河石蒙著灰塵。羅柏會說這個地方是家務荒廢得需要急救，但是我覺得這一切凌亂、古怪，卻出奇地令人舒適。

葛爾達從冰箱拿出那壺檸檬水。「那封店主寄的信，你帶來了嗎？」

我從肩背皮包裡拿出信封。「十天前從羅馬寄出，是他孫女寫的。」

我喝著檸檬水時，葛爾達就戴上眼鏡，把那封信的內容唸出聲來。

親愛的安司德爾太太，

我代我祖父史代發諾．帕德洛內寫這封信，因為他不會講英語。我讓他看你寄來的影印文件，他記得賣給你的東西。他說那本吉普賽樂曲集，是他好些年前從卡斯佩里亞鎮一位喬凡尼．卡博比昂柯先生的遺產中收購來的，當時同批還買下了其他的東西。我祖父沒有太多關於〈火焰〉的資訊，但是他會去問卡博比昂柯家族是否認識作曲者，或是否知道那份樂譜是哪裡得來的。

您誠摯的，安娜．瑪麗亞．帕德洛內

「收到這封信之後，我還沒有接到任何新消息，」我告訴葛爾達。「我打電話去過那家古董店三次留話。都沒有人接電話。」

「或許他去度假了。或許他還沒能跟那家人聯絡上。」她站起來。「來吧，我們再去仔細看一次那首華爾滋。」

我們進入她凌亂的練習室，裡頭放了一架小型平台鋼琴，於是沒剩下多少空間給一個書架、兩張椅子、一張茶几。一疊疊樂譜在地板上堆得老高，像是洞穴裡長出來的石筍。她的譜架上放著一份〈火焰〉的副本，那是我兩星期前掃描後用電子郵件寄給她的，當時我拜託她幫忙為莉莉的神經檢查而錄製這件作品。那只是兩張畫了音符的紙，但是我感覺到它的力量。彷彿它隨時都能發出紅光或飄起來升空。

「這是一首優美的華爾滋，但是絕對很有挑戰性，」葛爾達說，坐在譜架前。「我花了好幾個小時練習，手指才有辦法控制裡頭的琶音，同時把那些高音拉得準確。」

「我始終沒辦法駕馭，」我承認，覺得自己好像是證實了每一個關於第二小提琴手的爛笑話。問：換一個燈泡需要幾個第二小提琴手？答：他們沒辦法爬到那麼高。

葛爾達從琴盒裡拿出自己的小提琴。「這裡這段的竅門，就是要在前一小節就移到第五把位。」她示範，音符飛速地在E絃上一路奔跳攀升。

「你不必現在拉。」我打斷她。

「這樣要控制下一部分就真的比較容易。你聽。」

「拜託別拉了。」連我都被自己聲音的尖利給嚇到了。我深吸一口氣低聲說：「只要跟我說，你在這首華爾滋裡面發現什麼就好了。」

葛爾達皺眉放下她的小提琴。「怎麼回事？」

「對不起。聽這首曲子害我頭痛。我們能不能用談的就好？」

「好吧。不過首先，我可以看一下原稿嗎？」

我打開肩背皮包，拿出那本吉普賽樂曲集，然後翻開到我夾著〈火焰〉樂譜的地方。我連碰那張紙都不太情願，於是就把整本遞給葛爾達。

她抽出那張華爾滋樂譜，檢視著發黃的紙頁，正反兩面都看了。「用鉛筆寫的。標準規格的樂譜稿紙，看起來很脆弱。我沒看到任何浮水印，除了曲名和作曲者名字L．托戴斯寇之外，也找不出任何來源。」她抬頭看了我一眼。「我上網查過這個名字，找不到這位作曲家發表過的作品。」她又瞇眼更湊近樂譜。「好吧，這個很有趣。在反面，有幾個局部擦掉的音符，又寫上新的。看起來這四小節是修改過的。」

「所以這首華爾滋不是從別的地方抄來的。」

「對，改太多了，不可能只是抄的時候不小心寫錯而已。這一定是實際作曲時用的稿紙。然後他又做了這些改變。」她從眼鏡上方看了我一眼。「你知道，這可能是這件作品唯一現存的紀錄。因為從來沒有錄音過。」

「你怎麼知道沒有錄音過？」

「因為我寄了一份給音樂學院的保羅．弗羅力克。他拿去用他所有的音樂辨識程式跑過，跟每一首已知的錄音作品比對。結果完全沒找到符合的。根據他所能查到的，這首華爾滋沒有錄音過，他也找不到任何以L．托戴斯寇的名字發表的作品。所以有關這首曲子的來源，我們是完全沒有頭緒。」

「那麼那本吉普賽樂曲集呢？我發現〈火焰〉夾在裡頭，所以或許主人是同一個。或許這本書就是L．托戴斯寇的。」

她打開那本紙頁脆弱的樂曲集。封面貼著縱橫交錯的膠帶，因為不貼大概就會整個解體了。她輕輕翻到版權頁。「這是義大利出版社出的。一九二一年印製。」

「封底寫了些字。」

葛爾達把樂曲集反過來，看著那褪色的字跡，是手寫的藍色墨水：威尼斯達卡萊福爾諾街十一號。「這是威尼斯的地址。」

「或許是作曲者的地址？」

「這鐵定是一個搜尋的起點。我們應該把一九二一年以後曾住在那個地址的所有人查出來，列出一份清單。」她的注意力又回到譜架上的那兩頁。「〈火焰〉。不曉得這個曲名指的是什麼樣的火。」她拿起她的樂器，我還來不及阻止，她就開始拉奏。當她的小提琴響起頭幾個音符，我忽然生出一股恐慌感。我的雙手開始刺痛，一股電流隨著每個音符而加強，直到我的神經似乎在尖叫。我正打算搶走她手裡的琴弓時，她又忽然停止拉奏，瞪著樂譜。

「愛。」她喃喃說。

「什麼？」

「你聽不出來嗎？音樂裡的熱情，還有痛苦。在前十六小節，旋律剛開始時，音樂非常哀傷又渴望。然後到了第十七小節，變得焦慮不安。音高爬升，速度加快。我幾乎可以想像兩個狂熱的愛人變得愈來愈絕望。」葛爾達看著我。「火焰，我想指的是愛火。」

「或是地獄之火，」我輕聲說，揉著太陽穴。「拜託別再拉了。我想我聽了會受不了。」

她放下小提琴。「事情不光是只跟這首樂曲有關，對吧？到底怎麼回事，茱麗亞？」

「事情只跟這首樂曲有關。」

「最近你老是心不在焉。連續兩次排練都沒來。」她暫停。「你和羅柏之間有什麼狀況嗎？」

我不知道該說什麼，於是一時之間都沒吭聲。葛爾達家這裡好安靜。她一個人獨居，沒有丈夫，沒有小孩；她只需要為自己負責，而我卻必須跟一個懷疑我神智不正常的男人，以及一個令我害怕的女兒同住。

「跟莉莉有關，」最後我終於承認。「她最近有些問題。」

「什麼樣的問題？」

「還記得我跟你提過我割傷自己、縫了好幾針嗎？」

「你說那是意外。」

「其實不是意外。」我看著她。「是莉莉割的。」

「什麼意思？」

「她從垃圾桶裡拿了一塊破玻璃。然後用來刺傷我。」

葛爾達瞪著眼睛。「莉莉真的這麼做？」

我擦掉眼淚。「還有我摔倒那天，也不是意外。她把一個玩具放在樓梯上，就在我會踩到的地方。沒有人相信我，但我知道她是故意的。」我吸了幾口氣，終於有辦法恢復控制。等到我又開口，聲音很單調、很喪氣。「我再也不認識她了。她變成了另一個人。我看著她，看到一個陌生的、想要傷害我的人。而且一切都是從我開始拉奏這首華爾滋開始。」

換了任何人，都會跟我說我是胡思亂想，但是葛爾達什麼都沒說。她只是傾聽，她的沉默不帶批判意味，令人平靜。

「我們帶她去做了各種檢查，其中有某種腦電圖，要觀察她的腦波。他們播放那首華爾滋給她聽時，她的腦子有了反應，好像那是一段長期的記憶，好像她早就知道這首曲子。但是你剛剛說，這首華爾滋從來沒有錄音。」

「舊日的記憶。」葛爾達喃喃說，注視著〈火焰〉的樂譜，彷彿從中看到了之前忽略的什麼。「茱麗亞，我知道講這個聽起來會很怪異，」她輕聲說。「但是我小時候有一些無法解釋的記憶。我父母認定那是我的想像力太過豐富，但是我記得一棟小石屋，裡頭的地板是泥土地。我記得有一片片小麥田，在陽光下像波浪般起伏。而且我有個鮮明的記憶，看到我自己的赤腳，但是缺了一個腳趾頭。這一切沒有一樣說得通，直到我祖母告訴我，說這些是以前那個我的殘餘記憶，是前世的記憶。」她看著我。「你覺得這樣很瘋狂嗎？」

我搖搖頭。「對我來說，現在什麼都不瘋狂了。」

「我祖母說，大部分人不記得自己的上輩子。或者他們認定那些記憶都只是幻想。但是在很小的小孩身上，他們的腦子還是開放的。他們還是有管道通往前世記憶，即使他們沒辦法用語言告訴我們相關的事情。或許莉莉對這首華爾滋的反應就是這樣。因為她以前聽過，在上輩子。」

我可以想像如果羅柏聽到這段對話會說什麼。他本來就已經懷疑我精神失常；要是我開始談上輩子，他就更確信無疑了。

「關於你的煩惱，我真希望能提供你某種解答。」她說。

「我不認為有解答存在。」

「現在，我對這件音樂作品真的很好奇了。要是羅馬的那位古董店主幫不了我們，那麼，或許我們可以自己去查出那位作曲家。我本來就安排好要去的里雅斯特的那個音樂節演奏，那裡離威尼斯很近。我可以順便去達卡萊福爾諾街的那個地址一趟，查一下L．托戴斯寇是不是曾住在那裡過。」

「你願意為我費這麼多事？」

「這絕對值得我花時間，而且不光是為了你。這首華爾滋寫得太棒了，我不認為有過錄音。如果我們的絃樂四重奏可以成為第一個錄音的呢？我們得確定這首華爾滋的版權是公共的、完全沒有問題才行。所以你看，我想去追查L．托戴斯寇的下落，也有自私的理由。」

「他大概早就死了。」

「大概吧。」葛爾達渴望地看著樂譜。「但是如果沒死呢？」

我拜訪了葛爾達之後回到家，看到薇兒的福特Taurus車停在我家的車道上，而羅柏的Lexus已經停在車庫裡了。我不知道羅柏為什麼這麼早回家，或者為什麼我踏入屋子時，他們兩個站在門後等我。我只知道他們兩個臉上都沒有笑容。

「你到底跑到哪裡去了？」羅柏質問道。

「我去找葛爾達了。我跟你說過我要去看她的。」

「你知道現在幾點了嗎？」

「我應該早點回家的嗎？我不記得我有說過幾點回家。」

「耶穌啊，茱麗亞。你到底是哪裡不對勁？」

我姑媽插嘴：「羅柏，我想她是忙昏了頭，只是沒注意到時間。沒有必要為了這個生氣。」

「沒有必要？我正打算要報警了！」

我搖搖頭，被這番對話搞得很困惑。「你到底為什麼要報警？我做了什麼？」

「我們一直想聯絡你，試了好幾個小時了。你沒去托兒所接小孩，他們就打電話去辦公室給我。薇兒還得趕去那裡接莉莉。」

「但是我一整天都帶著手機。沒有人打給我啊。」

「我們真的打給你過，茱麗亞，」薇兒說。「結果都轉到語音信箱了。」

「那麼一定是手機壞了，」我把手機從我的肩背皮包找出來，詫異地看著螢幕。原來全都秀在上頭，一堆未接電話和語音留言。來自托兒所的，來自羅柏的，來自薇兒的。「一定是鈴聲，」我說。「也許我不小心關掉鈴聲了。或者設定出了什麼問題。」

「茱麗亞，你還在吃維柯汀嗎？」薇兒輕聲問。

「不。沒有，我好幾天沒吃了，」我咕噥著說，手忙腳亂地滑著手機的選單，想查出我怎麼會不小心關掉鈴聲。我覺得手指笨拙，一直按錯選項。這就是我常有的惡夢，當我拚命想打電話求助時，結果一直撥錯號碼。但是眼前這不是惡夢，而是真的發生了。

「別弄了，」羅柏說。「茱麗亞，別弄了。」

「不，我現在就要把這個弄好。」我一直點著手機選單，即使莉莉跑進走廊，即使她的雙臂抱住我一隻腿，像是緊纏不放的藤蔓。

「媽咪！我好想你，媽咪！」

我低頭，忽然在她眼中看到某種惡毒的、有如大蛇的東西，在那兩口靜水般的表面上起伏，然後再度潛入水中，再也看不見了。我猛地抽身掙脫她，突然地她發出痛苦的哀號，依然伸著雙臂站在那裡，完全就是個被母親拋棄的小孩。

薇兒趕緊抓住我女兒的手。「莉莉，你就來我家住幾天吧？我真的需要人手幫我摘番茄。媽咪和爹地不會介意我把你偷走，對吧？」

羅柏疲倦地點了個頭。「我想這是個好主意。謝了，薇兒。」

「莉莉，我們去樓上收拾行李箱，好嗎？告訴我你想帶什麼去我家。」

「小驢。我想帶小驢。」

「當然了，我們會帶著小驢。那其他玩具呢？另外你覺得今天晚上吃義大利麵條怎麼樣？」

薇兒帶莉莉上樓時，羅柏和我仍站在門廳。我很怕看他，很怕從他臉上看出他對我的想法。

「茱麗亞，」他嘆氣。「我們去坐下來談吧。」他挽著我的手臂，帶我進入客廳。

「這個該死的手機有問題。」我堅持道。

「我晚一點會幫你看一下，好嗎？我會搞清楚的。」羅柏在我們家向來是扮演這個角色，他會修好東西。他會打開車子引擎蓋檢查，會測試電線，幫每個問題找到解決辦法。他讓我坐在沙發上，他自己則坐在對面的椅子。「聽我說，我知道你的壓力很大。你體重減輕了。而且都沒睡好。」

「我的背痛一直沒好；這就是為什麼我睡不好。你要我停掉維柯汀，我就停了。」

「親愛的，薇兒和我都認為你得找個人談談。拜託不要想成是心理諮商。只是你和羅絲醫師之間談話而已。」

「羅絲醫師？就是你之前跟我提過的那位精神科醫師？」

「她的風評很好。我仔細看過她的資歷，還去查過她的背景、她的醫師評價。」

當然了。

「我想她可以幫你很大的忙。我想她可以幫我們全家人。協助我們回到這一切發生之前的樣子。」

「羅柏？」薇兒在樓上喊道。「行李箱放在哪裡？我要用來裝莉莉的東西。」

「我去幫你拿。」羅柏回答。他拍拍我的手。「我馬上回來，好嗎？」他說，然後去樓上找行李箱了。

我聽到他在我們的臥室裡移動，然後是行李箱輪子滾過木地板的聲音。我注視著客廳的窗子，是朝西的。此時我才發現太陽在天空沉得好低，比下午三點該有的位置低太多。難怪我又背痛了：我上回吃泰諾止痛藥的時間是好多個小時以前了。

我走進樓下的浴室，打開醫藥櫃，從藥罐裡倒出三顆加強錠。櫃門晃回去關上時，我被鏡中自己的模樣嚇到了。我看到沒梳的頭髮、浮腫的眼睛、慘白的皮膚。我潑了點冷水在臉上，手指梳過頭髮，但鏡中的模樣還是一塌糊塗。對付莉莉的壓力把我變成了鬼。從來沒有人警告過你關於當母親的黑暗面：你的生活並非全都是擁抱和親吻。他們沒說那個曾經在你子宮裡孕育的孩子，你以為會帶給你諸多愛的孩子，到頭來卻像個小寄生蟲似的啃噬你的靈魂。我瞪著鏡中的自己，心想：很快地，我就會被消磨得一點都不剩了。

我從浴室出來時，羅柏和薇兒已經下樓來到門廳，跟我隔著一個轉角。他們講話的聲音好小，我幾乎聽不見，所以我湊近了些。

「卡蜜拉當時就是茱麗亞現在的年紀，這不會是偶然。」

「茱麗亞一點也不像她。」薇兒說。

「不過，遺傳因素還是存在的。她的家人有精神疾病的病史。」

「相信我，狀況完全不一樣。卡蜜拉是個冷血的變態，很自我中心，很聰明，又善於操弄別人。但是她沒有發瘋。」

他們在談我母親。我死去的、殺嬰的母親。我好想聽清每一個字，但是我心跳得好厲害，幾乎要壓過他們的聲音了。

「所有看過她的精神醫師都認為她是，」羅柏說。「他們說她當時精神崩潰了，失去了所有現實感。這些事情在家族裡面的確是會遺傳的。」

「她愚弄他們了，每一個都是。她不是有精神病，而是邪惡。」

「媽咪，抱我！抱我！」

我趕緊轉身，看到莉莉就站在我身後，揭露了我的行蹤。她完全純真的大眼睛往上看著我，同時薇兒和羅柏繞過轉角。

「啊，你在這裡！」薇兒說，裝出輕鬆的口氣，但是不太成功。「莉莉和我正要離開。你們什麼都別擔心。」

莉莉緊緊擁住我要道別，此時我可以感覺到羅柏正在觀察我，留意我對女兒有危險的任何跡象。我知道他很擔心，因為他提起了我母親的名字，而他從來不在我面前提的。在他說出來之前，我根本沒想到我現在的年紀，就是我母親當年犯下女人最不可饒恕之罪的年紀。我納悶她會不會有什麼古怪的部分遺傳給了我，而此時正在我體內開始復甦。

在摔死我弟弟之前那些日子，她所感覺到的就跟我現在一樣嗎？她看著自己的小孩，看到的會是一個怪物嗎？

羅倫佐

12

一九四三年，十二月

從他父親製琴小店的後頭房間，羅倫佐聽到門打開的鈴響聲，於是朝外喊：「麻煩等一下就好，我馬上出來幫你服務。」

沒有回應。

他才剛塗好黏膠，現在正在用夾具把小提琴的琴板一一夾住。這是個精細的步驟，絕對不能急，必須仔細擰緊螺絲並確認角度。當他終於從後頭的房間走出來時，看到顧客正蹲在大提琴和中提琴琴弓的展示櫃前。他只看到她帽子的頂部從櫃檯上方露出來。

「我可以效勞什麼嗎？」

她起身朝他微笑。「羅倫佐。」她說。

自從他們上次講話，至今已經五年過去了。雖然他曾幾度在街上偶然看到過她，但一直都離得很遠，他也沒走近去找她。現在他和勞拉．拔波尼面對面站著，兩人之間只隔著展示櫃，而他卻想不到任何一件事可以說。她的金髮現在變短了，剪了個很時尚的鮑伯頭，這種髮型在威尼斯大學的女學生間非常流行。她的臉失去了少女時期的圓潤，顴骨更突出，下巴的輪廓更鮮明。她的目光還是一如往常直率，直率得讓他覺得自己被釘在原地，無法動彈，一個字都說不出來。

「這個得換弓毛了。」她說。

他低頭看著她放在櫃檯上那根大提琴的琴弓。馬尾庫因為一堆斷掉的馬毛而一片凌亂。

「沒問題，我很樂意幫你換。你希望什麼時候取回？」

「不急。我還有另外一把琴弓可以用。」

「下星期夠快嗎？」

「下星期很好。」

「那麼你可以星期三來取。」

「謝謝。」她逗留了一會兒，想找更多話講。最後她無奈地嘆了口氣，走向店門。然後她在店門口停下，又轉身走向他。「我們對彼此就只剩這些話可以講了嗎？星期三來取。謝謝？」

「你看起來好極了，勞拉。」他輕聲說。的確如此；她甚至比他記憶中更美，彷彿這五年歲月鬆亮了她的頭髮和臉，成為他以前所認識那個十七歲少女的光澤版。在店內的昏暗中，她彷彿會自體發光。

「你為什麼都沒來看我們？」她問。

他四下看了店內一圈，歉意地聳聳肩。「我父親這裡需要我幫忙。而且我還教小提琴，現在有十個學生了。」

「我發過六份邀請信給你，羅倫佐。你從來沒到。連我生日派對都沒來。」

「但是我回信表達了我的遺憾。」

「是啊，而且你的信全都太禮貌了。你大可以來我們家，當面告訴我的。或者來打個招呼也行。」

「你去讀威尼斯大學了。你現在有新朋友了。」

「這表示我的舊朋友不能繼續來往嗎？」

他低頭看著那把琴弓，馬尾庫上頭滿是斷掉的毛。他還記得她多麼起勁地用琴弓拉動大提琴的琴絃。她拉琴絕不膽怯。像勞拉這麼狂熱的樂手，很快就會弄斷琴絃、磨損弓毛。熱情是有代價的。

「那一夜，那個比賽，」他低聲說，「我們的一切都改變了。」

「不，沒有。」

「對你來說沒有，」他忽然對她的渾然不覺很生氣，於是直視著她。「對我，還有我們一家來說，一切都改變了。但是對你不是。你可以去讀威尼斯大學。你有你的新朋友，有你漂亮的新髮型。你的人生繼續下去，快樂又完美。但我的？」他看著店裡，恨恨地笑了一聲。「我被困住了。你以為待在這家店裡，是我能選擇的嗎？」

「羅倫佐，」她低聲說。「我很遺憾。」

「星期三回來取你的琴弓吧，我會弄好的。」

「我眼睛沒瞎。我知道發生了什麼事。」

「那麼你也該知道，為什麼我都離你遠遠的。」

「是為了躲避嗎？是為了保持低姿態，免得惹上麻煩？」她身體前傾，隔著櫃檯質問他。「現在是勇敢的時候了。我想跟你站在一起。無論發生什麼，我都想——」她停下，因為門上的鈴鐺響了。

一個顧客走進來，是個薄唇女人，只朝他們點了個頭，就慢吞吞地在店裡繞，打量著牆上掛的小提琴和中提琴。羅倫佐之前沒見過這個女人，她的突然出現搞得他不安。他父親的製琴生意還經營得下去，純粹是因為還有一小群忠誠的顧客。新顧客幾乎從不會走進這家店，而是會去同一條街那家製琴師店，櫥窗上有顯眼的「亞利安人的店」字樣。

勞拉似乎跟他一樣不安。她迴避那女人的目光，迅速轉身翻著自己的皮包。

「需要我效勞嗎，夫人？」

「你是這家店的店主嗎？」

「我父親是店主，我是他的助手。」

「你父親人呢？」

「他回家吃午餐了，不過應該很快就會回來。或許有什麼我可以幫忙的？」

「不，不必了。」那女人看著店裡的樂器，上唇鄙夷地撇著。「我只是很好奇為什麼有人要選擇光顧這家店。」

「或許你該找個音樂家問，」勞拉說。「因為我想你不是音樂家。」

那女人轉向她。「對不起，你說什麼？」

「威尼斯所製造最好的小提琴，就是出自這家店。」

那女人瞇起眼睛。「你是拔波尼教授的女兒，對吧？我上個月看過你演奏，在鳳凰劇院。你們的四重奏出色極了。」

「我會告訴他們的，」勞拉冷冷地說。然後她望著羅倫佐。「我星期三再來取我的琴弓。」

「拔波尼小姐？」那女人喊道，此時勞拉開門正要離開。「你真的該去朗德拉先生的店看看，就在這條路前面。他製作的樂器非常精美。」那不光是建議而已；她的聲音裡有邪惡的警告意味。

勞拉回頭看一眼，反擊的話已經到嘴邊了，但還是什麼都沒說就走出去。她關門時好用力，門上的小鈴鐺發出猛烈的響聲。

那女人跟著她走出店。

羅倫佐聽不到她們彼此說了什麼，但是隔著玻璃窗，他看到那女人在街上叫住勞拉。而勞拉輕蔑地搖了一下頭，就氣呼呼地快步離開。他心想：我好想念你。過了漫長的五年，我們終於又講話了，只不過卻是結束得這麼不愉快。

他從櫃檯上拿起勞拉的琴弓。此時他才看到那張折起來的紙，是她塞在馬尾庫下方的。稍早沒有這張紙：她一定是趁他和那個女人講話時偷塞進去的。他展開那張紙，看到勞拉寫的字。

今晚來我家。別告訴任何人。

❖

羅倫佐依照指示，沒告訴任何人。他父親吃過午餐回到店裡時他沒說，那天傍晚他們全家一起吃晚餐時也沒說，晚餐有麵包和鮮魚濃湯，是馬可在魚市場當搬運工所帶回來的廢棄食材所拼湊的。馬可很幸運能有這份辛苦又骯髒的工作，還要多虧魚販們公然漠視禁止雇用猶太人的法令。在全義大利各處，幾千名類似這些魚販的雇主都繼續依照往常做生意，對那些新法令報以輕蔑，樂意偷塞給馬可這類年輕人一疊現金，換取他們辛苦工作一天。五年前，馬可心目中的未來大不相同，他本來夢想要當外交官。現在他筋疲力盡地垮坐在晚餐桌前，一身汗臭和永遠洗不掉的魚腥味。就連易怒的馬可都被擊敗了。

這五年的歲月也擊垮了他們的爸爸。布魯諾的主顧群減少到每星期只有幾個，沒有一個是來買新琴的。他們只是來買松香和琴絃這些必需品，賺到的利潤根本沒辦法支應開店，但是每個星期有六天，布魯諾還是頑固地在他的工作台前，為另一件精緻的樂器雕刻、打磨、上漆，然後賣不出去。而當他庫存愈來愈少的楓木和雲杉木用完了，接下來呢？他會月復一月、年復一年地呆坐在店裡，直到他枯乾且粉碎成塵埃嗎？

這幾年改變了我們所有人，羅倫佐心想。他母親頭髮灰白，看上去疲憊不堪，也難怪。

自從她父親阿貝多四個月前中風，愛洛意莎每個白天都待在護理之家用湯匙餵食他、幫他按摩背部、唸報紙和書給他聽。阿貝多在家裡的椅子空蕩蕩地等著他回來，但隨著每過去一個星期，似乎就愈來愈不可能了。現在當然沒有祖孫的小提琴二重奏了，再也沒有一起拉琴和音樂遊戲了。阿貝多連拿叉子都有問題，更別說琴弓了。

在他們全家人之間，只有皮雅沒有遭到歲月的摧殘。她正值青春綻放的年紀，成為一個苗條的黑眼珠美少女，可以吸引許多少年的目光，但是才十四歲的她太羞怯，不敢炫耀自己的美。現在她既然不能上學，大部分的時間就幫著媽媽照顧阿貝多，或者獨自在房間裡閱讀，或者看著窗外作白日夢——無疑是夢想她未來的丈夫。皮雅的這一點始終沒變；她還是很浪漫，還是對愛情充滿憧憬。*但願我可以讓她保持這樣*，羅倫佐心想，*保護她遠離真實世界。但願我可以讓全家人保持現在的樣子，相守在一起，溫暖而安全。*

「你今天話好少。你還好嗎，羅倫佐？」皮雅問。家人中當然只有她會注意到有什麼不對勁；只要看一眼，她就總能知道她的哥哥累了或煩惱或焦慮。

他微笑。「一切都很好。」

「你確定？」

「他才剛說他很好，」馬可咕噥道。「他還不必整天拖裝魚的箱子。」

「他有工作。他有學生會付錢給他。」

「愈來愈少了。」

「馬可，」愛洛意莎提醒他。「我們都在盡自己的責任。」

「只有我除外，」皮雅嘆氣。「除了補幾件襯衫，我還做了什麼？」

羅倫佐拍拍她的臉頰。「只要當你自己，就讓我們都很開心了。」

「我還真是有貢獻呢。」

「光是這樣，就讓狀況大不相同了，皮雅。」

因為你讓我們保持希望，他心想，看著妹妹上樓去睡覺。馬可吃完只是咕噥一聲就離開餐桌了，但是皮雅一路哼著歌爬上樓梯，那是小時候阿貝多教過他們兄妹的一首吉普賽老歌。皮雅依然相信每個人都有善良的一面。

但願這是真的。

羅倫佐溜出家門時，老早過了半夜十二點。十二月的寒氣逼得大部分人都待在室內，一片奇異的濛霧懸在空中，有魚和污水的臭味。他很少在這麼晚出門，怕碰上頻繁在街道上出沒的殘暴黑衫軍。兩個星期前馬可就碰上了，他踉蹌回到家，渾身是血，鼻梁被打斷，襯衫被撕得破破爛爛。

他還算幸運的。

羅倫佐盡量走在陰影處，迅速溜過比較小的巷子，避開有路燈照亮的廣場。到了通往多爾索杜羅區的步行橋，他猶豫了，因為過了運河就會進入比較開闊的地帶，沒有地方可以躲藏。但是這一夜太冷又太難受了，就連黑衫軍也不想冒險出門，所以沒看到任何人。他低著頭，臉埋在圍巾裡，過了橋前往勞拉家。

過去這五年，布拉加丁路的這棟大宅一直引誘著他，像是希臘神話中海妖賽倫的歌聲，讓他覺得有可能看到勞拉一眼。一次又一次，他不自覺地就走到這裡，站在同樣的這條步行橋上，被他曾開心走過的那條街道誘惑著。有一回，他甚至不記得自己是怎麼來的，雙腳就自動帶他走到橋上。他像是一匹馬熟悉回家的路，總會走向家的方向。

到了她家外頭，他暫停一下，抬頭看著以前來時都亮著燈的窗子。今夜這棟大宅似乎並沒那麼歡迎他，窗簾緊閉，各個房間只亮著黯淡的光。他拉起黃銅門環敲了，感覺到那木門像是活物般顫抖著。

忽然間她出現了，背光站在門口，伸手抓住他的手。「快點。」她低聲說，把他拉進門。

他一過了門檻，她就立刻關起門閂。即使在昏暗的凹室中，他還是可以看到她的臉頰發紅，眼睛閃亮有神。

「感謝老天你平安到了這裡。爸爸和我一直好擔心。」

「這一切到底是怎麼回事?」

「我們本來以為還有很多時間安排。但是今天那個女人去你店裡之後,我就知道沒有時間了。」

他跟著她沿著走廊來到餐室,這裡曾是他跟拔波尼父女共享愉快夜晚的地方。他想起笑聲和數不清多少杯的葡萄酒和談論音樂,總是音樂。今夜他發現餐桌是空的,連一缽水果都沒有。只有一盞小燈亮著,面對花園的窗子都關緊了遮光簾。

拔波尼教授坐在他桌首的老位置,但眼前的男子不是羅倫佐記憶中那位衣著講究、興高采烈的紳士。眼前是個沮喪、憂慮的版本,跟以前差異太大了,搞得羅倫佐簡直不敢相信是同一個人。

拔波尼勉強擠出了微笑,起身迎接客人。「去拿葡萄酒來,勞拉!」他說。「我們來敬這位失聯已久的小提琴家。」

勞拉在桌上放了三個高腳杯和一瓶酒,但是拔波尼倒酒時,餐室裡一點也沒有慶祝的氣氛;他臉上有一種嚴肅,彷彿這瓶珍貴的酒可能是他們能共飲的最後一瓶了。

「敬你,」拔波尼說。他毫無喜悅地喝光,放下空杯子,看著羅倫佐。「你來這裡的路上，該不會被跟蹤了吧？」

「沒有。」

「你確定？」

「我一個人都沒看到。」羅倫佐看著勞拉，然後目光又回到她父親。「在羅馬發生的事情，就要發生在威尼斯了，對吧？」

「會來得比我原先預料的快。停戰協定改變了一切，現在我們位於義大利的德軍佔領區。納粹親衛隊牢牢控制了這裡，而他們上個月在羅馬對猶太人所做的事情，也會在這裡做。約納教授早料到會發生這樣的事情。這就是為什麼他燒掉了猶太人社群的資料，這樣納粹親衛隊就不會有任何猶太人的名單。他犧牲了自己，好給每個人珍貴的時間可以逃跑，但是你們家卻還待在這裡。你父親不肯面對即將來臨的大災難，害你們全家人都陷入危險。」

「我們留在這裡，不光是因為爸爸而已，」羅倫佐說。「自從我外公中風之後，連走路都沒辦法。他要怎麼離開復健的護理之家？媽媽絕對不會丟下他離開的。」

拔波尼臉上掠過一抹痛苦的神色。「你外公是我最要好的朋友之一。這點你知道的。要說這些話讓我心碎，但是他沒希望了。阿貝多不可能好起來，你們做什麼都改變不了。」

「你還說你是他的朋友？」

「就因為他是我的朋友，我才會這麼說。因為我知道他會希望你們安全，而在威尼斯再也不安全了。你一定注意到你有多少小提琴學生不再來上課了吧？有多少鄰居悄悄離開自己的家？沒說一聲就消失，沒跟任何人交代去處。他們聽說了羅馬發生的事情。一千個人被集合起來，押解出境。同樣的事情也發生在的里雅斯特和熱那亞了。」

「這裡是威尼斯。爸爸說那樣的事情不會發生在這裡的。」

「就連我們在講話的時候，納粹親衛隊都已經在收集城裡每一個猶太人的姓名和地址。約納教授燒毀所有的文件後，他們碰到了短暫的挫折，但你們的時間用完了。今天去你們店裡的那個女人，幾乎可以確定她就是親衛隊的人。她是去那裡勘查可以沒收些什麼。按照十一月的公告，所有猶太人擁有的資產都可能會被沒收。房子、你父親的店，一切都不屬於你們了，他們隨時可能搶走。」

「馬可一直就是這麼說。」

「你的哥哥很明白狀況。他知道即將發生什麼事。」

「那你怎麼知道這樣的事情即將發生？你怎麼能這麼確定？」

「因為是我告訴他的。」一個聲音從羅倫佐背後傳來。

他轉頭看到拔波尼家的管家阿爾妲，那個似乎總是潛伏在背景裡的臭臉怪獸。五年前，她曾警告羅倫佐不要參加比賽，還語帶威脅地暗示可能會有種種後果。

他轉向拔波尼。「你信任她？她是跟黑衫軍一夥的！」

「不，羅倫佐。她不是。」

「當初她早知道那個比賽會發生什麼事。」

「而且我試著警告你，但是你不肯聽。」阿爾妲說。「那天晚上算你運氣好，只被揍一頓就脫身了。」

「阿爾妲不是黑衫軍的人，但是她的確有一些關係，」拔波尼說。「她會聽到一些事情，有關納粹親衛隊正在策劃些什麼。我們一直努力警告猶太人，希望愈多人知道愈好，但不是每個人都肯聽。你父親就是這樣。」

「那個白痴。」阿爾妲咕噥道。

拔波尼搖頭。「阿爾妲。」

「他不相信，是因為他拒絕相信。」

「誰能怪他呢？誰能相信納粹親衛隊會在因特拉把一家人肢解？會在馬焦雷湖殘殺兒童？每個人都認為那些只是荒誕的故事，用來逼猶太人逃離這個國家。」

「爸爸就是這樣想的。」羅倫佐說。

「這就是為什麼我們救不了布魯諾。但是我們可以救你，或許外加你妹妹和你哥哥。」

「沒有時間可以浪費了，」勞拉急切地說。「在明天入夜之前，你們一定得走。只帶你們帶得走的東西。」

「要去哪裡，躲在這裡嗎？」

「不，這棟房子不安全，」拔波尼教授說。「太多人知道我同情猶太人，恐怕他們會來搜查我們家。但是帕度亞城外有一家修道院，你們可以躲幾天。那裡的隱修士會收留你們，直到我們找到人帶你們到瑞士邊境。」他一隻手放在羅倫佐肩上。「要有信心，孩子。在義大利各地，你都會找到朋友的。挑戰在於知道哪些人你能信任，哪些人不能。」

一切都發生得太快了。羅倫佐知道馬可會同意離開，但要怎麼說服他妹妹？而媽媽絕對不會拋下護理之家復健中的阿貝多。他擔心接下來會發生的哀號和爭辯，心碎和內疚。他被這些要做的事情壓垮了，深吸一口氣，靠著餐桌好讓自己冷靜。

「所以我得把我父親和母親留給納粹親衛隊了。」

「恐怕你沒有別的辦法。」

羅倫佐轉向勞拉。「你有辦法拋下你的父親嗎？知道從此可能永遠不會再見面？」

她雙眼忽然盈滿淚水。「這是個可怕的選擇，羅倫佐。但是你得救你自己。」

「你有辦法嗎，勞拉？」

她一手擦過雙眼，別開眼睛。「我不知道。」

「我會希望她選擇丟下我，」拔波尼教授說，「事實上，我會堅持這樣。過去幾個星期非常平靜，給了大家錯覺。這就是為什麼你父親相信只要保持低姿態、不要惹是生非，你們就全都能倖存。但是時間就快用完了，他們很快就會開始逮捕了。我會告訴你這些，是因為我應該為我的朋友阿貝多做這件事，而且因為你有音樂天分，應該分享給全世界。但是如果你熬不過這場戰爭，世人就永遠聽不到你的音樂了。」

「聽我爸的話吧，」勞拉說。「拜託。」

有人用力在捶門，他們全都趕緊站起來。勞拉恐慌地看了她父親一眼。

「帶他上樓，快，」拔波尼低聲說。「阿爾妲，收走酒杯。不要留下任何客人來訪的痕跡。」

勞拉抓住羅倫佐一隻手，帶著他到後樓梯去。他們急忙上二樓時，又聽到前門傳來的敲門聲。同時聽到拔波尼喊道：「怎麼這麼吵？是房子要燒掉了嗎？來了，來了！」

勞拉和羅倫佐溜進一間臥室，耳朵貼在關上的門，竭力想聽樓下說了些什麼。

「偵查辦案，在三更半夜？」拔波尼教授的聲音隆隆傳來。「這是怎麼回事？」

「很抱歉這麼晚打擾，拔波尼教授。但是有些最新發展，我想警告你一下。」是個男人的聲音，低聲但急切。

「我不曉得你在說什麼。」拔波尼說。

「我知道你為什麼可能不信任我。但是今夜非同小可，你得跟我說實話。」

隨著兩人走進餐室，聲音變小了。

「如果警察發現我在這裡，會發生什麼事？」羅倫佐低聲問。

「別擔心，」勞拉回答。「爸爸有辦法憑他的口才解決的。他向來如此。」她手指碰觸他的嘴唇。「待在這裡，不要發出聲音。」

「你要去哪裡？」

「去幫忙分散這位訪客的注意力。」她朝他露出緊張的微笑。「爸爸說我這方面很機靈。我們就來看看有多機靈吧。」

隔著關上的臥室門，他聽到她的腳步聲下了樓梯，加入餐室的兩個人。

「你真是不應該，爸爸！居然沒有給我們的訪客任何點心？」她歡快的聲音傳來。「先生，我是拔波尼教授的女兒勞拉。可以倒一杯葡萄酒給你嗎？或許你想要蛋糕和咖啡？阿爾妲，去準備些吃喝的送來吧，我可不希望客人以為我們忘記怎麼當主人了。」

雖然聽不到那個男人的回答，但是羅倫佐聽到勞拉在笑，聽到清脆的瓷器碰撞，還有阿爾妲的腳步在餐室和廚房間來回移動。勞拉進入餐室後，就把一個陌生人引起恐慌的入侵，設法變成了一個蛋糕和交談的夜晚。就連警察也抵抗不了她的魅力。現在那位訪客發出笑聲，羅倫佐聽到葡萄酒瓶塞砰一聲打開。

他因為蹲在門邊偷聽太久而脖子發痛，於是直起身子按摩疼痛處。此時他才第一次看到周圍，明白這是勞拉的臥室。聞起來就像她的人，明亮且帶著花香，薰衣草和陽光。這個房間有一種歡快的凌亂，她的書在床頭桌堆得好高，有倒塌的危險，一件毛衣隨意披掛在椅子上，一張梳妝台上頭有凌亂的乳霜和粉盒和梳子。他碰了一把梳子，上頭糾纏著一根根金髮。他想像那把梳子梳過她金黃色秀髮的美妙場景。

書架上也同樣充滿了勞拉迷人的雜物。一組瓷豬圍在一起，彷彿正在商量事情。一塊即將用完的松香。一缽網球。還有更多書；勞拉好愛她的書！他看到幾本詩集，一本莫札特傳記，一套易卜生劇作集。還有一整格愛情小說，這是他沒料到的。他狂熱的、直截了當的勞拉居然愛讀羅曼史小說？她有好多事情是他不知道的，也永遠不會知道了，因為明天夜裡，他就要逃離威尼斯了。

想到再也見不到她，使得他一手按著心口，那疼痛真實得就像有人一拳打在他胸膛。此時站在她房間裡，吸入她的香氣，只讓那種痛苦更惡化。

樓下傳來她的聲音，悅耳地喊著：「晚安，先生！拜託不要讓我爸熬夜到太晚啊！」然後她上了樓梯，邊爬邊哼歌，彷彿無憂無慮。

她走進臥室，關上門，往後靠在門上，一臉緊張。看到他疑問的表情，她猛搖一下頭。

「他還沒要離開。」她低聲道。

「你父親打算怎麼辦？」

「把他灌醉。讓他多講話。」

「他來這裡做什麼？」

「不曉得。就是這一點讓我害怕。他好像知道我們太多事情了。他宣稱自己想幫忙，只要爸爸肯跟他合作。」她關掉燈，現在房間暗下來，她才敢拉開窗簾。接著她望著窗外說：「我沒看到街上有人，但他們還是可能在監視這棟房子。」她轉向他。「你不能現在離開。外頭不安全。」

「我得回家。我得警告家裡的人。」

「你也沒辦法幫他們什麼，羅倫佐。今晚不行。」她聽到樓下餐室傳來的笑聲，暫停一下。「爸爸知道怎麼處理這個狀況。沒錯，他這方面很擅長。」她似乎從這種肯定中得到勇氣。「他可以迷倒任何人。」

你也可以。在黑暗中，他只能看到她的輪廓，框在窗子裡。他有好多事想跟她說，有好多秘密想要傾吐，但是絕望吞沒了他的話。

「你得留在這裡。說真的，有那麼糟糕嗎？」她輕笑一聲說。「今夜跟我困在一起？」她轉頭看著他，當兩人的目光在黑暗中相遇，她整個人僵住了。

他握住她一隻手，按在自己的唇上。「勞拉。」他輕聲呼喚。他只說了這個，只有她的名字。就這樣一個詞，柔聲說出來，就洩漏了自己所有的秘密。

她聽出來了。她湊近他時，他已經張開雙臂歡迎她。她嘴唇的醉人滋味有如葡萄酒，他怎麼都享用不夠，永遠不夠。他們彼此都知道這樣只會帶來傷心，但因為五年的分離和渴望，火焰一發不可收拾。

他們喘不過氣來，於是暫時分開透個氣，在黑暗中凝視彼此。月光透過窗簾的縫隙照進來，在勞拉臉上照出一道燦爛的銀光。

「我好想你，」她輕聲說。「我寫了好多信，跟你說我的感覺。」

「我從來沒收到過。」

「因為我撕掉了。我想到你可能沒有同樣的感覺，就覺得受不了。」

「我有同樣的感覺。」他雙手捧住她的臉。「啊勞拉，我也一樣想妳。」

「你為什麼從來沒告訴我？」

「在發生了那些事情後，我無法想像我們能有機會……」

「能有機會在一起？」

他嘆氣，放下雙手。「今晚所發生的事，讓一切變得更加不可能。」

「羅倫佐，」她低聲說，雙唇湊向他的，不是慾望之吻，而是給予信心的吻。「如果我們一開始就不敢想的話，就永遠不會發生。所以，我們要敢於想像。」

「我希望你幸福。這是我唯一想要的。」

「所以這就是你遠離我的原因。」

「我沒有什麼能給你的。我能跟你承諾什麼？」

「情況會改變的！現在全世界或許瘋了，但不可能一直這樣下去的。世上有太多好人。我們會讓這個世界恢復正常的。」

「這是你父親告訴你的嗎？」

「這是我相信的。我非得相信不可，否則就沒有希望了，而如果沒有希望，我就活不下去了。」

此時他也微笑了。「我凶悍的勞拉。你知道我一度很怕你嗎？」

「知道，」她笑了。「爸爸說我得學著不要這麼可怕。」

「但這也是為什麼我愛你。」

「那你知道我為什麼愛你嗎？」

他搖搖頭。「我無法想像。」

「因為你也很凶悍。對於音樂、對於你的家人，對於重要的事物。在威尼斯大學，我認識了很多男生，他們告訴我他們想致富或成名，或者想在鄉下有一棟度假別墅。但那些只是他們想要的，而不是在乎的。」

「你曾對其中某個男生心動嗎？即使只有一點點？」

「怎麼可能？我滿腦子只想著你，那一晚站在舞台上。你當時那麼自信，那麼威風。當你演奏時，我可以聽到你的靈魂在對著我的靈魂唱歌。」她前額靠在他身上。「我從來沒對其他人有這樣的感覺。只有你。」

「我不知道自己什麼時候會回來。我不能要求你等我。」

「還記得我剛剛說的嗎？如果我們不先想像的話，就永遠不會發生。所以這就是我們必須做的：想像未來有一天我們會在一起。我想等到你老一些，看起來會很威嚴！你會有銀色的頭髮，這裡和這裡。」她摸摸他兩邊太陽穴。「你微笑的時候，眼睛周圍會有英俊的皺紋。你會戴著可笑的眼鏡，就跟爸爸一樣。」

「你會跟今晚一樣美。」

她笑了。「啊不，我會變胖，因為生了我們那些小孩！」

「但是絲毫不減少你的美。」

「看到沒？我們未來可能就是這樣，一起變老。我們絕對不能停止相信，因為有一天……」

尖銳的空襲警報忽然劃破黑夜。

兩人都轉向窗子，勞拉推開窗簾。在下方的街道上，鄰居們正紛紛跑出來，掃視天空尋找飛機的蹤影。儘管常有空襲警報，但是這個城市從來沒被空襲過，所以對於老是打斷睡眠的警報聲，威尼斯人已經逐漸變得不以為意。就算真的有炸彈落下，在這個建造於水上的城市，大家又能躲到哪裡去？

勞拉從她昏暗的窗內朝下面大喊：「先生，這是演習嗎？」

「這麼多雲又有霧，絕對不是適合空襲的夜晚。」那男子喊回來。「飛行員根本連前方十呎都看不到。」

「那為什麼警報會響起？」

「誰曉得？」他朝路旁在寒夜裡跺腳抽菸的三名男子喊。「你們有聽說什麼消息嗎？」

「收音機裡什麼都沒說。我太太正在打電話給她住在梅斯特雷的妹妹，問她有沒有看到什麼。」

街道前後有愈來愈多人跑出來，裹著厚厚的大衣和圍巾，在吵個不停的街道上喊著問來問去。從他們的聲音中，羅倫佐聽到的不是害怕，而是困惑和興奮，甚至還有一絲歡慶意味，彷彿這是一場伴隨著警報聲的派對。

臥室門突然咿呀打開，拔波尼教授悄悄溜進來。「我們的客人總算走了。」他低聲說。

「爸爸，他說了什麼？他為什麼會來這裡？」勞拉問。

「老天，如果他說的是真的——他告訴我的那些事情——」

「什麼事情？」

「納粹親衛隊很快就會挨家挨戶進行逮捕。」他看著羅倫佐。「沒有時間了。你今夜就得消失。現在有這些警報在響，街上一片混亂，你或許可以溜得掉。」

「我得回家一趟。我得告訴他們。」羅倫佐說，轉向房門。

拔波尼抓住他一隻手臂。「現在太遲了，你救不了他們。你的家人就在名單上。他們可能正要去你們家。」

「我妹妹才十四歲！我不能丟下她不管！」羅倫佐掙脫手臂，奔出房間。

「羅倫佐，等一下！」勞拉喊道，跟著他跑下樓梯。到了前門，她抓住他的手臂，拉著他停下。「拜託聽爸爸的話！」

「我得警告他們。你知道我一定得這麼做。」

「爸爸，你跟他講一講，」勞拉懇求著也下樓來的父親。「告訴他這樣太危險了。」

拔波尼哀傷地搖了一下頭。「我想他已經做出決定了，我們沒辦法改變他的心意。」他看著羅倫佐。「沿路要躲在陰影裡，孩子。要是你有辦法把家人弄出卡納雷吉歐區，就去帕度亞的那家修道院。他們會提供你們庇護，直到有人能帶你們到邊境。」他抓住羅倫佐雙肩。「等到這一切結束了，等到義大利恢復理智，我們會在這裡重逢，到時候我們要慶祝一下。」

羅倫佐轉向勞拉。她一手掩著嘴巴，設法忍住眼淚。他把她拉過來緊擁，感覺到她的身體因為強忍著不哭而顫抖。「要對我們的重逢有信心，絕對不要停止相信。」他低聲說。

「好，我會的。」

「那麼我們就會重逢。」他嘴唇印上她的，最後一次啜飲她的滋味。「我們會讓它發生的。」

13

他進入戶外的黑夜，圍巾包住了臉，以避免任何不必要的目光。空襲警報仍持續不停呼嘯著，彷彿是天空自行發出絕望的號叫。在這個奇異的夜晚，人們紛紛從家裡走出來，慈愛廣場上已經聚集了一小批人，急切地想要最新的消息，互相交換著流言。如果真的有空襲，死神就會輕易發現這些被自己的好奇心給害死的人。但是就像之前的其他夜晚，沒有炸彈降落在威尼斯，而那些在戶外逗留太久的人唯一的傷害只是手腳冰冷，而且明天早上會睡眼惺忪地後悔自己太晚去睡覺。

沒有人看到那個青年從他們旁邊的陰影中溜過。

在這個充滿迷霧和混亂的深夜，羅倫佐沒引起任何注意，悄悄過了橋，穿過聖保羅區。接下來是他最大的挑戰：如何在天亮前把家人帶出威尼斯。媽媽有辦法徒步走到帕度亞嗎？他們應該讓馬可和皮雅先走嗎？要是全家人拆散了，他們要怎麼會合、在哪裡會合？

他聽到一堆尖叫聲，以及打破玻璃的聲音，於是趕緊躲到陰影裡。從轉角偷看過去，他看到有人把一男一女從屋裡拖出來，然後逼他們跪在街上。樓上一扇窗戶落下雨點般的碎玻璃，接著是書和紙張像受傷的鳥兒般紛紛跌落，掉在街上一堆愈來愈大的紙堆上。那跪著的女人啜泣懇求，但空襲警報的聲音淹沒了她的哭喊。

黑暗中有人劃亮一根火柴。扔到那個紙堆上，火苗迅速燒成一片沖天烈焰。

羅倫佐退離那片明亮的火光，迅速轉入另一條街，繞往北邊，經過聖十字區。他過橋進入卡納雷吉歐區時，又看到另一堆火發出猛烈的光。我的街道，我的家。

他疾奔轉彎，來到卡萊福爾諾街，驚駭地看著街上那堆火熊熊燃燒，把堆成小山的書吞噬掉。外公的書。一大片碎玻璃散落在卵石街道上，碎片映照著火光，像是一灘灘小火池。

他家大門被撞開了。他不必走進去就看得到裡面如何被毀壞：打破的碗盤，扯爛的窗簾。

「他們走了，羅倫佐！」一個女孩的聲音喊道。

他轉身，看到是十二歲的鄰居伊莎貝拉，獨自站在對街望著他。「警察把他們帶走了。然後黑衫軍跑來，放火燒了一切。他們就像瘋子似的，為什麼要打破盤子？爸爸叫我待在屋裡，但是我從窗子裡看到了。我從頭到尾看到了。」

「他們被帶去哪裡？我們家的人去了哪裡？」

「他們在佛司卡里尼中學，每個人都在那裡。」

「為什麼要帶他們去那個學校？」

「那個警察說他們會被送到集中營。他告訴爸爸不要擔心，因為這只是暫時的。等到一切平靜下來，就會放他們回來了。他說那就像是暫時離家去度假幾天。爸爸說我們也無能為力，事情反正就是這樣了。」

羅倫佐低頭，看著他外公阿貝多珍視的音樂藏書只剩燒黑的灰燼。在陰暗的火堆外圍，有一本書逃過了火焰。他伸手撿起，煙臭味從燒焦的紙頁冒出來。那是阿貝多的吉普賽樂曲集，羅倫佐從小就熟悉的。皮雅夜裡梳頭髮時，也會哼這些歌。他站在那裡，手裡拿著那本珍貴的樂曲集，擔心自己的妹妹，想著她一定嚇壞了。他想到自己的母親，老是膝蓋痛又肺不好。她怎麼有辦法熬過集中營裡面的苦工？

「你會去找他們嗎，羅倫佐？」伊莎貝拉問。「如果你快一點，應該可以追上去，就可以跟他們在一起了。集中營裡沒那麼糟糕。那個警察是這麼說的。」

他抬頭看看他們家那些毀壞的窗子。要是他現在離開，日出之前就可以趕不少路，在前往帕度亞的路上了。從那裡，他得往西北進入山區，前往瑞士邊境。這是拔波尼教授力勸他做的：逃。忘了他的家人，救自己的命。

那麼，等到戰爭結束，他心想，我怎麼有辦法面對他們？知道我拋棄了他們，讓他們待在悲慘的集中營？他想像皮雅雙眼中那種被出賣的眼神。這是他唯一能想到的：他妹妹的眼神。

「羅倫佐？」

「謝謝，伊莎貝拉。」他一手輕輕放在那女孩的頭上。「你保重了。有一天我們會再見面的。」

「你要逃跑嗎？」

「不。」他把那本樂曲集塞在自己的大衣裡。「我要去找我的家人。」

❖

是皮雅先看到他的。在眾多孩童和嬰兒的哭鬧聲中，他聽到她大喊他的名字，看到她瘋狂揮著雙手要吸引他的注意力。那麼多人塞進了位於佛司卡里尼中學這個臨時的拘留中心，他不得不擠過一個個絕望地搖晃的震驚老人，跨過一堆堆疲倦得倒在地上的家庭。

皮雅開心地撲向他的懷抱，力道大得他踉蹌後退。「我還以為再也看不到你了！馬可說你跑掉了，但是我知道你不會這麼做，我知道你不會丟下我們的！」

他母親和父親也擠過來擁抱他，一堆手臂緊緊圍繞著他。直到他們終於放開手，他哥哥馬可才過來用力拍了一下他的背部。

「我們都不曉得你去哪裡了。」馬可說。

「我聽到空襲警報時，人在拔波尼家。」

「這一切就是個詭計，」馬可恨恨地說。「他們利用空襲警報，出其不意地來抓人。沒有人聽得清發生了什麼。而且我們還是沒有外公的消息。有謠言說他們甚至突襲了他的護理之家。」馬可看了母親一眼，她坐在一張板凳上，雙手把大衣拉得更緊。他輕聲說：「他們把她直接從床上拉下來。甚至不讓她穿好衣服。我們只匆忙抓了一些東西，就被他們拖到街上了。」

「我回家看過了，」羅倫佐說。「黑衫軍打破了每扇窗子，燒掉了所有書。全威尼斯到處都發生這種事。」

「你本來有機會逃掉？那你為什麼不跑？你本來有可能在前往邊境的路上了！」

「那皮雅怎麼辦？媽媽怎麼辦？我們是一家人，馬可。我們得在一起。」

「你認為你能在集中營裡撐多久？你認為他們能撐多久？」

「小聲點。你會嚇到皮雅的。」

「我才不怕，」皮雅說。「現在我們都在一起，我就不怕了。」她握住羅倫佐的手。

「來吧，看看我做了什麼，你會很高興的。」

「什麼？」

「我聽到他們捶門時，就立刻跑到你房間。我把它藏在我大衣裡面，免得被他們看到。」她拉著羅倫佐，走向母親坐的那張板凳，伸手到板凳底下。

他低頭看著皮雅手裡的東西，一時之間說不出話來，太感動他妹妹替他所做的事情。在琴盒裡面，「女魔法師」依然舒適又安全地躺在天鵝絨墊子裡。他摸摸那光亮的木頭，即使在這個寒冷的禮堂內，他指尖仍覺得小提琴很溫暖，鮮活得一如肉身。

隔著淚眼，他望著妹妹。「謝謝。」他擁住她。「謝謝你，親愛的皮雅。」

「我就知道你會回來找它。我就知道你會回來找我們。」

「結果我回來了。」就在他必須待的地方。

次日早晨，他被小孩的哭聲吵醒了。

羅倫佐哀嘆著坐起身來，因為睡在地上而全身僵硬，然後揉著眼睛。光線照進禮堂骯髒的窗子內，為每個人的臉染上一種冰冷、黯淡的灰。在附近，一個筋疲力竭的女人正試圖讓她躁動的嬰兒安靜下來。一個老人前後搖晃著，含糊不清地咕噥著一些只有他自己才懂的字句。羅倫佐四下張望，到處都是垂垮的肩膀和震驚的臉，很多人是他認得的。有佩爾穆特一家，帶著他們那個兔唇的女兒；有桑規內提一家，他們十四歲的兒子曾是羅倫佐的小提琴學生，直到那個男孩實在沒興趣，才停止去上課。還有波拉寇一家，他們是開裁縫店的；以及伯格先生，他一度是銀行董事長；外加年老的拉文納太太，她好像每次在廣場上遇到媽媽，總是要跟她爭執。無論老少，無論是學者或勞工，全都淪落到眼前這個悲慘的境地。

「他們什麼時候會給我們食物？」佩爾穆特太太哀嘆道。「我的孩子餓了！」

「我們全都很餓。」一個男人憤怒地回答。

「大人餓了可以忍著，小孩可沒辦法。」

「那是你。」

「你的想法就那麼狹隘？只有你自己，不管別人。」

佩爾穆特先生一手放在他太太手臂上安撫她。「我們這樣爭吵幫不了任何人。拜託，算了吧。」他朝自己的小孩微笑。「不要擔心。他們很快就會送吃的過來。」

「什麼時候，爸爸？」

「午餐時間之前吧，我很確定。等著看好了。」

但是午餐時間來了又去，晚餐時間也是。這一天沒有食物出現，次日也沒有。他們只有廁所的自來水可以喝。

到了夜裡，小孩飢餓的哭鬧聲讓羅倫佐睡不著。

他蜷縮在皮雅跟馬可旁邊的地上，閉上眼睛，試圖不要去想食物，但是怎麼可能不想？他還記得在拔波尼教授家享用過的美食：他所嚐過最清澈、最明亮的法式清湯。產自本地潟湖的新鮮小魚炸得酥脆，小得他可以連皮帶骨吃掉。他想到蛋糕和葡萄酒和烤雞令人陶醉的香氣。

他妹妹在睡夢中哀嘆，連睡覺都被飢餓追逐。

他一手擁住她，低聲說：「別出聲了，皮雅，我在這裡。一切都會沒事的。」她緊緊依偎著他，蜷縮起身子繼續睡，但是他睡不著。

當第一袋東西從打開的窗戶扔進來時，他是完全清醒的狀態。袋子差點砸到一個睡著女人的頭上。她嚇醒了，在黑暗中喊道：「現在他們想害死我們！想趁我們睡覺的時候砸爛我們的腦袋！」

第二袋扔進來，袋內有個東西滾出來，骨碌碌滾過地板。

「是誰朝我們丟東西？為什麼他們要這樣做？」

羅倫佐爬上板凳，朝那扇高高的窗子外頭看。他看到兩個昏暗的人影蹲在下方，其中一個正要把第三袋東西往上甩，越過高高的窗台丟進禮堂內。

「嘿，你！」羅倫佐喊道。「你在做什麼？」

其中一個人影抬頭。今天是滿月，在月光的照耀下，他看到一個穿得全身黑的老婦人。她一根手指放在唇上，那是懇求對方安靜的手勢，然後她和同伴悄悄離開，進入黑暗中。

「蘋果！」一個女人開心喊道。「這些是蘋果！」

有人點了根蠟燭，藉著微弱的光線，他們看到袋子裡面拿出來的東西。一條條麵包。一塊塊包在報紙裡的乳酪。還有一個布袋裡裝著煮熟的馬鈴薯。

「先讓小孩吃！」一個女人懇求道。「給小孩！」

但是大家已經開始動手搶食物，拚命想在東西消失之前搶到一小塊。蘋果紛紛被塞進口袋。兩個女人用手抓對方，爭搶著一袋乳酪。一個男人把整個馬鈴薯塞進嘴裡，貪婪地想一口氣吃掉，免得被任何人搶走。

馬可加入混亂的人群中，過了一會兒抓著半條麵包出來，這是他唯一能幫家人搶到的。他們圍在一起守護這點珍貴的食物，看著馬可把麵包剝成五份，遞給每個人一份。那麵包硬得像皮革，至少已經放一天了，但是對羅倫佐來說，好吃得就像最柔軟的蛋糕。他品嚐著每一口，滿意地閉上眼睛，讓那口麵包在他的舌上化為帶著酵母香的甜甜滋味。他想著他這輩子吃過的所有麵包，想到自己以前總是隨便咀嚼而沒有真正嚐到滋味，因為麵包就像空氣，是你視為理所當然的，是每一餐裡頭無名的基本食物。

他舔掉嘴上最後一塊麵包屑時，注意到他父親沒碰自己那份，只是低頭看著手裡的麵包。

「爸爸，吃吧。」羅倫佐說。

「我不餓。」

「你怎麼可能不餓？都兩天沒吃東西了！」

「我不想吃。」他父親把麵包遞給羅倫佐。「來，給你和皮雅和馬可吃。」

「別傻了，爸爸，」馬可說。「你得吃點東西才行。」

布魯諾搖搖頭。「這是我的錯，全都是我的錯。我應該聽你的話，馬可，應該聽拔波尼教授的話。我們幾個月前就該離開義大利了。我真是個頑固的老笨蛋！」那麵包掉在地上，他臉埋進雙手裡，身體往前搖晃，啜泣得全身顫抖。羅倫佐從沒見過他哭。這個心碎的男人真的是他父親嗎？他總是堅持他知道什麼對全家人最好；他頑固地讓製琴店繼續一星期營業六天，即使客人愈來愈少。這五年來，布魯諾一定要花很大的勇氣才能隱藏他的疑慮，承受每一個好壞決定的全部重擔。羅倫佐被父親崩潰的這一幕嚇壞了，一時之間不知道該說什麼、該做什麼。

但是媽媽知道。她寬容的雙臂擁住丈夫，拉著他的臉靠在自己的肩膀。「不，不，布魯諾。這不是你的錯。」她喃喃道。「我不能丟下爸爸。我也不想離開，所以我也有錯。我們是一起做出這個決定的。」

「結果現在我們一起受苦了。」

「這不會是永遠的。而且真的，去集中營能有多可怕？我不怕工作，我知道你也不怕。你向來工作得很辛苦。重要的是我們在一起，不是嗎？」她撫平他稀疏的頭髮，吻了他頭頂一記。「不是嗎？」

羅倫佐不記得上一次看到父母擁抱或親吻是什麼時候了。在家裡，他們總是像兩個不同的行星，在各自的軌道上繞著對方運行，離得很近，但是從來不會碰觸。他無法想像他們對彼此有熾熱的愛，像他對勞拉那樣，但眼前他們卻像愛人般緊貼在一起。他真的了解自己的父母嗎？

「爸爸，吃吧。」皮雅哀求道，把那塊麵包放在布魯諾手上。

布魯諾看著，好像這輩子從來沒見過麵包，不曉得該拿它怎麼辦。他終於開始吃的時候，沒有明顯的愉悅，好像吃下去是一種責任，他會吃只是為了討好家人而已。

「這樣就對了，」他妻子微笑。「一切都會沒事的。」

「是啊，」布魯諾深吸一口氣，坐直身子，這位一家之主又恢復控制了。「一切都會沒事的。」

第三天的黎明，禮堂大門猛然打開了。

羅倫佐被砰砰踏過地板的靴子聲驚醒。他趕緊爬起身，看著一批穿制服的男人進入禮堂，朝各個方向散開來。他們身上佩戴著法西斯黨的民兵「共和國衛隊」的徽章。嚇壞的兒童紛紛發出尖叫聲，此時一個低沉響亮的嗓音喊道：「注意！安靜！」那軍官沒踏過門檻，而是從門口對著他們講話，彷彿裡面的空氣很臭，他不想污染自己的肺。

皮雅一手滑進羅倫佐手裡。她在發抖。

「維洛納憲章的第七條已經把你們劃為敵方的外國人，」那個軍官宣布。「根據十二月一日發布的警察命令第五條，你們會被轉移到拘留營。政府非常寬大，讓重病或年老的人可以豁免，但是你們在場所有人都被視為身體健康符合被轉移條件的人。」

「那麼外公就安全了？」皮雅說。「他們不會把他帶離護理之家了？」

「噓──」羅倫佐警告地捏了一下她的手。不要吸引他們的注意。

「火車正在等著你們，」那軍官說。「你們上車後，每個人可以寫一封信。我建議你們告訴朋友和鄰居們說你們很好，請他們不必擔心。我保證，你們的信都會寄出去。現在該收拾你們的物品了。只帶你們拿得動的東西到車站。」

「看到沒？」愛洛意莎跟布魯諾咬耳朵。「他們甚至允許我們寄信。而且爸爸可以待在護理之家。我會寫信給他，免得他擔心我們。你一定要寫信給拔波尼教授。跟他說他是替我們白操心了，現在一切都很好。」

有這麼多家庭，其中又有那麼多年幼的小孩，因此前往火車站的隊伍走得很慢。他們拖拉著腳步，經過了一個個熟悉的商店櫥窗，經過了羅倫佐走過無數次的那條步行橋。路邊聚集著許多旁觀者，在詭異的沉默中注視著他們，彷彿看著一隊鬼魂遊行經過。在那些旁觀者之中，羅倫佐看到了鄰居女孩伊莎貝拉的臉。她舉起手臂朝他揮動，但是她父親抓住她的手腕往下拉。當羅倫佐經過時，那男人不肯看他的眼睛，只是低頭看著卵石路面，彷彿光是跟他對上目光，就可能害自己也厄運臨頭。

這個沉默的隊伍經過廣場，換作之前任何一天，他們會在這裡聽到笑聲和聊天聲，會聽到女人喊著自己的小孩。但今天只有拖著腳步的聲音，這麼多的腳排成一長列，疲倦地移動著。目睹他們經過的人都不敢出聲抗議。

在這片寂靜中，忽然有個聲音喊出來，震驚效果更加倍。

「羅倫佐，這裡！我在這裡！」

一開始他只看到陽光照在金髮上的亮光，接著群眾分開來，同時她奮力往前擠，一面懇求著：「讓我過！我得過去！」

然後忽然間她出現了，雙臂擁住他，嘴唇貼著他的。他嚐到她嘴唇鹹鹹的淚水。

「我愛你，」羅倫佐說。「等著我。」

「我保證會等你。你也要保證會回來找我。」

「你，姑娘！」一個警衛呵斥道。「走開！」

勞拉被扯離羅倫佐的懷抱，他踉蹌回到移動的隊伍中，被帶著往前走，愈來愈遠。

「跟我保證！」他聽到她大喊。

他轉身，渴望能再看她最後一眼，但是她的臉已經消失在人群中。他只看到一隻蒼白的手舉著跟他道別。

「他們瞎了，全都瞎了，」馬可說。「他們遮住眼睛，拒絕看清眼前發生的事情。」

火車行進的喀噠聲有令人放鬆的催眠作用，他們的父母和妹妹都睡著了，此時兩兄弟就在旁邊輕聲交談。

「那些寄回家的信，根本沒有意義。他們讓我們寫信，好讓我們平靜下來，讓我們分心。」他看著羅倫佐。「你寫給勞拉，對吧？」

「你的意思是，我的信不會寄出去？」

「啊，她大概會收到。但是你想想看，為什麼？」

「我不曉得你到底想問什麼。」

馬可冷哼一聲。「因為你跟其他人一樣盲目，老弟！你渾渾噩噩地過日子，像是站在一團雲上頭，滿腦子只夢想著音樂，相信一切到頭來都會有最好的結果！你相信自己會娶勞拉．拔波尼，生幾個完美的小孩，從此過著幸福快樂的生活，演奏美好的音樂。」

「至少我不會怨恨又憤怒，像你這樣。」

「你知道我為什麼怨恨嗎？因為我看清了現實。你的信會寄出去。皮雅和媽媽的信也是。」他看了睡著的父母一眼，他們蜷縮著緊貼彼此，雙臂互擁。「你看到媽媽寫的那些鬼話嗎？說我們的火車有舒適的三等座位，還保證在集中營裡面的宿舍也會不錯。好像我們是要去科摩湖畔的度假村！這麼一來，我們的朋友和鄰居會相信一切都很美好，以為我們像遊客似的坐在火車上，於是他們就不會擔心了。就像爸爸拒絕擔心一樣。他一輩子都靠雙手努力工作，不肯相信他看不到或摸不到的。他缺乏想像力，無法想到最壞的結果。這就是為什麼從來沒有人反擊，因為我們都想要相信最好的結果。因為去想像種種可能性太嚇人了。」

他看著羅倫佐。「你有注意到這列火車載著我們往哪個方向嗎？」

「我怎麼能分辨？他們把所有的遮光簾都拉下來了。」

「因為他們不希望我們看到車子往哪裡開。但即使隔著遮光簾，你還是可以看到陽光照向哪一側。」

「他們說我們要去佛梭里[1]，他們會把大家都送到那裡。」

「那是他們說的。但是你看看光線，羅倫佐。看看照在列車的哪一側？我們不是要去佛梭里。」馬可冷冷地凝視著前方，輕聲說：「這列火車正在往北開。」

[1] 佛梭里（Fossoli），義大利摩德納省的一個小村，位於威尼斯西南方約兩百公里處，二次大戰期間此處曾設有猶太人集中營。

茱麗亞

14

羅柏很氣我。從他甩上前門和闖入廚房的激動腳步，我聽得出來。

「你為什麼取消了你和羅絲醫師的約診？」他質問道。

我沒轉身面對他，而是繼續切著晚餐要用的胡蘿蔔和馬鈴薯。今晚要吃烤雞，用橄欖油和檸檬揉抹過，然後以迷迭香和海鹽調味。這頓晚餐將會只有我們兩人，因為莉莉還是待在薇兒家。她離開後家裡變得太安靜了，整個感覺就是不對。感覺上好像我滑進了某個悲慘的平行宇宙，而真正的房子和真正的我，都存在於另外一個地方。那棟房子裡我們全都處於幸福的狀態，我的女兒愛我，我的丈夫不會站在廚房裡怒視著我。

「我沒有去看她的心情。」我告訴他。

「沒有看她的心情？你知道在這麼短的時間內，要她把你塞進看診名單裡有多麼困難嗎？」

「看精神科醫師是你的主意，不是我的。」

他懊惱地笑了一聲。「是啊，她也預料到你會反抗。她說否認就是你的問題之一。」

我冷靜地放下菜刀，轉身面對這個平行宇宙版本的羅柏。不同於我那位冷靜、穿著筆挺襯衫的丈夫，眼前這個男人激動得臉發紅，領帶歪了。「你一直去找她看診？你們兩個已經討論過我了？」

「那當然！我完全不知道該怎麼辦。我得找人做心理諮商。」

「那你跟她說了什麼？」

「說你太執迷於那首該死的樂曲，不肯處理真正的問題。說你跟莉莉疏遠了。也跟我疏遠了。」

「如果有人刺你的大腿，你也會跟這個人疏遠的。」

「我知道你認為問題出在莉莉，但是羅絲醫師花了三個小時觀察她。她看到的是一個完全正常又迷人的三歲小孩。沒有暴力行為，沒有任何反常的跡象。」

我盯著他，被他剛剛說的話搞得目瞪口呆。「你帶我女兒去看精神科醫師，居然連跟我講一聲都懶得？」

「你以為這個狀況對莉莉很輕鬆嗎？她在薇兒家待的時間比在自己家多，她很困惑。同時，你每天都打電話去羅馬。我看到電話帳單了，那個可憐的店主大概搞不懂這個瘋女人為什麼不肯放過他！」

瘋這個字像是朝我臉上打了一巴掌。這是他第一次當著我的面說這個字，但我知道他一直是這麼想的。我是他的瘋老婆，另一個瘋女人的女兒。

「啊老天，茱麗亞。對不起。」他嘆了口氣，低聲說：「拜託。你就去看羅絲醫師吧。」

「去看了又有什麼差別？聽起來，你們兩個已經在我缺席的狀況下做出診斷了。」

「她是很優秀的精神科醫師，很容易溝通，而且我想她真的關心病人。莉莉立刻就喜歡上她。我想你也會的。」

我轉身面對砧板，拿起菜刀，又開始切胡蘿蔔，緩慢而從容。即使當他從後頭走上來，雙臂抱住我的腰，我還是繼續切，刀身砰砰敲著木砧板。

「我這麼做是為了我們，」他低聲說，吻了我的頸背。他呼出的熱氣讓我打了個寒噤，彷彿碰觸我的是個陌生人，而不是我深愛十幾年的丈夫。「是因為我愛你們兩個。你和莉莉。我心目中全世界最棒的兩個女生。」

那一夜羅柏睡著後，我起床悄悄下樓去用他的電腦，上網搜尋黛安娜．羅絲醫師。羅柏說得沒錯，我太執迷於找出〈火焰〉的來源，因而沒注意自己家裡發生了什麼事。這個女人對我做出了抗拒和否認的診斷，我一定要對她有更多了解才行。她已經巧妙地深入我的家庭，我女兒喜愛她，我丈夫欽佩她，然而我卻對她一無所知。

Google出現了幾十筆符合「黛安娜·羅絲醫師，波士頓」的資訊。她的診所網站列出她的專科（精神科），執業資訊（波士頓市中心的地址，幾家醫院的特約醫師），還有學歷（波士頓大學以及哈佛醫學院）。不過真正吸引我注意的，是她的照片。

儘管羅柏一再讚美羅絲醫師，卻沒提過她是個褐髮的絕色美女。

我點了下一筆Google連結。這是麻州烏斯特市的一則新聞，有關羅絲醫師擔任專家證人的一宗法庭案件。她作證說麗莎·凡登對自己的子女有危險。因為這份證詞，法官將監護權判給小孩的父親。

恐懼在我的胃裡打了個結。

我又點了下一筆連結。是另一宗法庭案件，我看到意識能力聽審這個詞。羅絲醫師幫麻州檢察官作證，說因為雷司泰·海斯特先生對自己有危險，應強制送入精神病院治療。

我接下來看了十幾個網頁，都一再看到意識能力這個詞。這是羅絲醫師的專業範圍。她可以決定病人是否對自己或他人有危險，是不是應該關入精神病院，就像我母親以前那樣。

我退出Google，瞪著電腦螢幕，此時我才注意到螢幕背景的照片換了。羅柏什麼時候換的？才一個星期前，螢幕背景還是我們一家三人在後花園裡擺拍的照片。現在的照片是莉莉的獨照，頭髮在陽光下形成一個發亮的光環。我覺得自己好像被家人抹去，如果我往下看，就會發現自己的雙臂正在逐漸消失為無形。再過多久，會有另一個女人出現在這個螢幕上？會是一個認為我女兒可愛迷人又完全正常的大眼睛褐髮女子嗎？

黛安娜．羅絲醫師本人就跟她網頁上的照片一樣有吸引力。她位於五樓的診間裡有大大的窗子，俯瞰著查爾斯河，但是窗外的景色被薄紗窗簾遮得模糊了。那些遮住的窗子讓我覺得有幽閉之感，好像自己被關在一個有白色家具的白箱子內，而且如果我的回答不對，如果我無法證明自己精神正常，這個女人就會把我永遠關在這裡。

她的頭幾個問題都無傷大雅。我在哪裡出生、在哪裡長大，我的健康狀況如何？她有綠色的眼珠和完美無瑕的皮膚，上身那件蛋殼白的絲襯衫剛好透明得顯示出胸罩的輪廓。我在想，我丈夫之前坐在這張沙發上諮商時，是否也曾注意到同樣的細節。她的聲音悅耳如蜂蜜，而且她很會講得好像真的關心我的健康，但是我想她是個小偷。他偷走了我女兒的喜愛和我丈夫的忠誠。當我告訴她我畢業於新英格蘭音樂學院、是一名職業音樂家時，我想我看到她輕蔑地扯了一下嘴唇。她認為音樂家不是真正的職業嗎？她的學位證書和專業資格執照和獎狀都裱框掛在牆上，這是她比任何區區音樂家都優越的書面證明。

「所以你認為，一切都是從你拉奏〈火焰〉那件音樂作品開始的，」她說。「多談一下那件作品吧。你剛剛說你是在羅馬發現的。」

「在一家古董店。」我說。

「是什麼原因讓你買下它？」

「我收集音樂。我總是在找一些沒聽過的。一些獨特而優美的。」

「你光是用看的，就知道這件作品聽起來會很優美？」

「是的，我看樂譜時，腦子裡就可以聽到那些音符。我想這首曲子或許可以改編一下，讓我們的絃樂四重奏樂團表演。我回到家時，就用我的小提琴演奏看看。莉莉就是在這時候……」我停下。「她就是在這時候改變的。」

「而你相信是〈火焰〉造成的。」

「這件作品非常不對勁。很陰暗又讓人不安。我第一次拉奏時就感覺到它有一種負能量。我想莉莉也感覺到了。我想她因此有了反應。」

「這就是為什麼她傷害你。」羅絲醫師的表情完全平靜，卻無法掩飾聲音中的疑慮。對我來說，那明顯得就像是一首本來完美的演奏中，有了一個拉錯的音符。「因為那首音樂的負能量。」她說。

「我不知道還能怎麼形容。這首音樂就是有個什麼不對勁。」

她點頭，好像她明白，但是她當然不明白。「這就是為什麼你打那些電話去羅馬？」

「我想知道這件音樂作品的來源和歷史，這樣或許可以解釋為什麼它對莉莉有這樣的效果。我一直想聯絡當初賣這件樂譜給我的那位男店主，但是他都沒接電話。他的孫女幾個星期前寫過一封信給我，說她會要求他查出更多資訊。但之後我就再沒接到任何消息了。」

羅絲醫師吸了口氣，調整一下姿勢。這是她打算改變策略的無聲提示。「你對你女兒有什麼感覺，安司德爾太太？」她輕聲問。

這個問題讓我暫停一下，因為我不確定要怎麼回答。我還記得莉莉剛出生時仰臉對著我微笑，我當時想著：這永遠會是我這輩子最快樂的時刻。我還記得她發高燒那一夜，我有多麼著急，擔心自己會失去她。然後我想到我往下看著那片破玻璃插在我的大腿上，聽到我女兒重複唸叨著傷害媽咪，傷害媽咪。

「安司德爾太太？」

「我愛她，那是當然了。」我無意識地回答。

「即使她攻擊過你？」

「是的。」

「即使她似乎不像原來那個孩子了？」

「是的。」

「你有過想要傷害她、報復她的衝動嗎？」

我瞪著她。「什麼？」

「這樣的感覺並不少見，」她說，聽起來非常理智。「就連最有耐心的母親，有時也會被逼到極限，於是會打小孩。」

「我從來沒有傷害過她，連想過都沒有！」

「你會有想傷害自己的衝動嗎？」啊，她轉得真順。我看得出她的問題將會帶到哪個方向了。

「你為什麼問這個？」我說。

「你被傷害過兩次。一次是被刺傷大腿。另一次是摔下樓梯。」

「我沒刺傷自己。也沒自己故意摔下樓梯。」

她嘆氣，好像我笨得不理解其他人覺得很明顯的事情。「安司德爾太太，沒有其他人在場看到這兩個事件。有沒有可能，發生的情形跟你所記得的不太一樣？」

「發生的情形恰恰就是我所描述的那樣。」

「我只是想評估狀況。絕對沒有任何敵意。」

她從我聲音裡聽到了敵意嗎？我深吸一口氣，好讓自己冷靜下來，即使我有百般的理由對她抱有敵意。我的婚姻快崩潰了，我的女兒想傷害我，而羅絲醫師坐在我面前，這麼平靜又從容。我在想，她的生活會像表面的這麼完美嗎？或許她暗地裡酗酒，或是會順手牽羊，或是性愛成癮。

或許她習慣去搶其他女人的丈夫。

「聽我說，我不知道為什麼我要來跟你諮商，」我說。「我想這完全是浪費你的時間和我的時間。」

「你丈夫很擔心你。這就是為什麼你來這裡。他說你體重減輕，而且睡得不好。」

「他還告訴你什麼？」

「她說你變得跟你女兒疏遠，也跟他疏遠。說你好像老是有心事，好像都沒聽到他說什麼。這就是為什麼我必須問你這個問題：你常聽到其他人的聲音嗎？」

「什麼意思？」

「在你腦袋裡講話的聲音？不在的人，叫你去做一些事情？或許叫你傷害自己？」

「你是在問我是不是有精神病。」我大笑起來。「羅絲醫師，答案不光是沒有，而且是見鬼啦沒有！」

「我希望你明白，這只不過是我非問不可的問題。你丈夫很擔心你女兒，而因為他白天要上班，我們必須確定她跟你在家是安全的。」

至少我們談到我坐在精神科醫師診間的真正原因了。他們認為我對莉莉構成危險，認為我跟我母親一樣是個殺嬰的怪物，而他們得保護莉莉，免得受到我傷害。

「我聽說你女兒現在跟你姑媽一起住。這不是長期的解決方式，」羅絲醫師說。「你丈夫希望你女兒終究能回家，但他也同時希望能確定她回家是安全的。」

「你不認為我也希望她回家嗎？從她出生那天開始，我就很少跟她分開過。現在她不在家，我覺得好像自己的某部分也不見了。」

「就算你真的希望她回家，想想之前發生過的事情。你遲了好幾個小時都沒去托兒所接她，甚至自己都沒發現。你相信你女兒有暴力傾向、想要傷害你。你執迷於一件你認為是邪惡的音樂作品。」她暫停。「另外你的家族有精神病方面的病史。」

這一切都形成了一幅無法否認的醜陋圖像。她無情地列舉了這麼多事實，任何聽到的人都無法跟她為結論爭執了。所以她接下來要講的，我並不意外。

「在我覺得可以安心建議你女兒回家之前，我相信還必須對你做更多評估。我建議你住進療養機構觀察一段時間。烏斯特市外有一家很不錯的診所，我相信你會發現那裡很舒適。這會是完全由你自願的，就當成是短期的度假。有個機會暫時擺脫種種責任，只要專注在自己身上就好。」

「這樣的短期度假，會有多短？」

「目前我還沒辦法講得很精確。」

「所以有可能幾個星期，甚至幾個月。」

「要看你的進度怎麼樣。」

「那判定我進度的會是誰？你嗎？」我的反問讓她在椅子上往後靠。她一定會在我的病歷上寫患者極具敵意。這又是另一個細節，讓「茱麗亞．安司德爾是個瘋媽媽」這幅令人不安的圖像更加強化。

「我要強調，這段評估期是完全自願的，」她說。「你隨時想要，都可以簽字離開那個診所。」

她講得好像我真的有選擇似的，好像接下來發生的全都是由我自己決定，但是她知我知，我被圍困住了。要是我拒絕，我就會失去女兒，很可能也會失去我丈夫。事實上，我已經失去他們兩個了。現在我唯一剩下的，就是我的自由，而就連這個，也完全要看羅絲醫師的意思。她只需要宣布我對自己或對其他人有危險，精神病院的門就會永遠關上。

我思索著自己的回答時，感覺到她兩眼盯著我。一定要保持冷靜，一定要保持欣然同意的模樣。「我需要一點準備的時間，」我說。「我想先跟我丈夫商量一下。另外，我得確定薇兒姑媽有辦法幫忙照顧莉莉。」

「那當然，我了解的。」

「因為我可能會離開一陣子，許多事情都需要安排。」

「這不會是永遠，安司德爾太太。」

但是對我母親來說，就是永遠。對我母親來說，精神病機構就是她短暫、混亂一生的終站。

羅絲醫師陪我走到外頭的候診室，羅柏坐在裡面。為了要確保我會來這個約診，他親自開車送我來，我看到他朝羅絲醫師露出的疑問表情。而她朝他點頭，無言地確認一切都進行順利，這個瘋老婆會配合他們的計畫。

我也的確很配合。不然我還能怎麼辦？羅柏開車時，我溫順地坐在車子裡。到家之後，羅柏又逗留了一陣子觀察，以確保我沒有跳出窗子或割腕。我在廚房裡磨蹭，把水壺放在爐子上燒水，盡可能讓自己看起來很正常，即使我的神經都磨損得隨時可能繃斷。等到他終於離家去上班，我放心地哭出來，跌坐在餐桌旁的椅子上。

原來這就是發瘋的感覺。

我頭埋進雙手裡，想著精神病院。羅絲醫師說是診所，但我知道他們想送我去的是什麼樣的地方。我看過我媽死去那家機構的照片。裡頭有漂亮的樹和廣闊的草坪；但是窗子上都有鎖。我也會在這種地方結束一生嗎？

水壺的水燒開了，尖叫著吸引我的注意力。

我起身把熱水倒入茶壺，然後坐下來面對餐桌上堆的一疊郵件。已經累積三天了，都沒拆開過；可見這幾天我們有多麼分心，完全深陷於家庭危機中，沒想到要處理這些日常事務，比方燙襯衫或付帳單。難怪羅柏這陣子看起來衣服皺巴巴的。他老婆忙著發瘋，都沒空幫他燙衣服了。

那疊郵件的頂端是當地商場的免費修指甲傳單，但是我現在哪裡會在乎我的指甲呢？我忽然火大起來，把郵件掃出桌子，那些郵件四散落地。其中一個信封落在我腳邊的地上，上頭有羅馬的郵戳。我認得寄件人的名字：安娜・瑪麗亞・帕德洛內。

我把信封抓起來撕開。

親愛的安司德爾太太，

很遺憾拖了這麼久才回信，但我們家發生了一個可怕的悲劇。我祖父死了。我上次寫信給你的幾天後，有人去他店裡搶劫，他因而遭到殺害。警方正在調查，但我們對於查出凶手不抱什麼希望。我們家人正在哀悼中，希望能平靜地不受打擾。我很抱歉，但我無法再回答你的任何問題了。也請你不要再打電話或寫信給我。請尊重我們的隱私。

有好一會兒，我坐在那裡注視著安娜・瑪麗亞寫的那些字。我好想跟人分享這個消息，但是跟誰？不是羅柏或薇兒，他們已經認為我對〈火焰〉執迷到危險的地步了。也不是羅絲醫師，她只會把這件事列入我發瘋的證據清單裡。

我拿起電話打給葛爾達。

「啊我的老天，」她喃喃說。「他被謀殺了？」

「我覺得一點道理都沒有，葛爾達。他那個店裡什麼都沒有，只有一堆垃圾、舊家具和一些糟糕的油畫。那條街上還有那麼多店，為什麼小偷要去偷他的？」

「或許那家店看起來很容易下手。或許裡頭有一些你沒注意到的寶貝。」

「舊書和樂譜？他店裡最寶貴的就是這些了，根本不會是小偷會想偷的。」我低頭看著那封羅馬寄來的信。「那位孫女不希望我再跟他們聯絡，所以我猜想，我們永遠查不出那首樂曲的來源了。」

「還有一個辦法，」葛爾達說。「我們有那個威尼斯的地址，寫在那本吉普賽樂曲集的封底。如果作曲家曾經住在那裡，或許我們可以追查到他的家人。要是他寫過其他沒出版過的作品呢？要是我們能成為第一個發表錄音的呢？」

「你想得太遠了。我們連他是不是曾住在那裡都不知道。」

「我會努力查出來。我正在整理要去里雅斯特的行李。還記得我跟你說過要去那裡表演嗎？等到表演一結束，我就要去威尼斯。我已經在多爾索杜羅區一家可愛的小旅館訂好房間了。」她暫停一下。「你不如就跟我在那邊碰面吧？」

「在威尼斯？」

「你最近似乎很沮喪，茱麗亞。你可以逃去義大利玩幾天。我們可以破解〈火焰〉之謎，同時來一趟純女生之旅。你覺得怎麼樣？羅柏會讓你放假一星期嗎？」

「我真希望我可以去。」

「為什麼不行？」

因為我就要被關進瘋人院，這輩子大概再也看不到義大利了。

我低頭看著那封信，想著我發現那份樂譜的羅馬昏暗小店。我還記得店門上方的怪獸滴水嘴，以及蛇髮女妖梅度莎造型的門環。然後我想起當時我覺得好冷，彷彿已經感覺到死神很快會去拜訪那裡。不知怎的，那個地方被詛咒了，而那詛咒偽裝成一張樂譜手稿的形式，被我帶回家。就算我現在把那張樂譜燒掉，我也不認為能脫離詛咒。我再也沒法找回我真正的女兒。尤其是等我被關進精神病機構之後。

這可能是我反擊的唯一機會了，也是我奪回家人的唯一機會。

我抬起頭。「你什麼時候會到威尼斯？」我問葛爾達。

「的里雅斯特的那個音樂節是到星期天。我計畫星期一搭火車去威尼斯。怎麼了？」

「我剛剛改變主意了。我們就在那裡會合吧。」

15

當每個人都相信你完全合作，要逃離你的生活、溜出這個國家就容易了。我上網在Orbitz網站——這個價格只剩兩張票！——買了傍晚出發、次日清晨抵達威尼斯的機票。我跟薇兒說我要準備入院治療的事情，要求把莉莉留在她家。我仔細傾聽羅柏說的每件事，無論多麼無聊，這樣他就不能指控我在他跟我講話時聽到想像的聲音。我連續做了三頓很棒的晚餐，帶著微笑上菜，而且絕口不提〈火焰〉或義大利。

到了出發那天，我跟他說我會去美髮師那邊待到五點，其實仔細想想是個很荒謬的藉口，因為都要住進瘋人院了，哪個女人還會在乎自己的頭髮看起來如何？但是羅柏覺得這個說詞完全合理。這麼一來，等到晚上我還沒回家，他才會開始擔心我的下落。

而此時，我已經在大西洋上空，坐在第二十八排的中間位置，右邊是一位義大利老女士，左邊是一個看起來魂不守舍的企業家男子。兩個人都不想跟我聊天，太可惜了，因為我好想找個人說說話，任何人都好，即使是兩個陌生人。我想找人坦白我是個離家出走的人妻，想說我很害怕但也有點興奮。我想說我已經沒有什麼可以損失了，因為我丈夫認為我精神失常，而我的精神科醫師想把我關起來。我想說我從來沒做過這麼瘋狂又衝動的事情，感覺上美妙得出奇。我覺得好像真正的茱麗亞越獄逃出，要去完成一個任務。這個任務就是要重新奪回她的女兒和丈夫。

空服員把客艙裡的燈關暗了，周圍每個人都往後靠著座椅睡覺，但我卻完全清醒，想著家裡必然的狀況。羅柏一定會打電話給薇兒和羅絲醫師，然後他會打電話報警。我的瘋老婆不見了。他不會馬上知道我離開美國了。只有葛爾達知道我要去哪裡，而她已經在義大利了。

儘管我已經去羅馬好幾次，但威尼斯我之前只去過一次，是四年前羅柏和我一起去度假。當時是八月，我還記得整個城市是個由小巷和橋梁構成的迷宮，皮膚溼黏的觀光客彼此擠在一起。我還記得汗水和海鮮和防曬油的氣味。而且我還記得太陽白亮的強光。

我走出機場時，陽光照在我身上，令我一陣頭暈目眩。沒錯，這是我記憶中的威尼斯。只不過更擁擠了——而且昂貴許多。

我幾乎花光了身上所有的歐元現金，叫了一艘水上計程車到多爾索杜羅區，葛爾達在這裡的一家小旅館訂好了房間。這家簡樸的旅館位於一條安靜的巷子，有個昏暗的大廳，裡頭放了幾把破舊的天鵝絨椅子，這種當地特色她會說迷人，但我只覺得寒酸。雖然葛爾達還沒辦理入住手續，不過我們的房間已經準備好了，兩張單人床看起來乾淨且誘人。我累得連沖澡都省了，直接倒在床單上。沒幾秒鐘，我就睡著了。

「茱麗亞，」一隻手推著我。「嘿，你要不要起來了？」

我睜開眼睛，看到葛爾達彎腰對著我。看起來很高興——太高興了，我心想，然後呻吟著伸了個懶腰。

「我想我已經讓你睡夠久了。現在你真的該起床了。」

「你什麼時候到的？」

「幾個小時前了。我已經出去走了一圈、吃了午餐。現在都三點了。」

「我在飛機上完全沒睡。」

「如果你不趕快起來，你今天晚上就睡不著了。來吧，不然你永遠克服不了時差。」

我坐起身來，聽到我的手機在床頭桌上震動。

「你的手機這樣震動了好幾次，到現在大概有六次了。」她說。

「我關掉了鈴聲，免得睡覺被吵醒。」

「也許你該看一下你的簡訊。聽起來有個人真的很想聯絡上你。」

我拿起手機滑了一下，裡頭有五、六個未接電話和簡訊。羅柏、羅柏、羅柏、羅柏、薇兒、羅柏。我把手機丟進皮包裡。「沒有重要的事。只有羅柏的例行問候。」

「你跑來威尼斯，他沒意見嗎？」

我聳聳肩。「他會理解的。要是他打給你，就別接。他只會跟你抱怨我跑來這裡而已。」

「你有跟他說你要來威尼斯吧？」

「我跟他說我需要離開一陣子，就這樣。我說我要跟女性朋友去玩幾天，等到我好好休息夠了，就會回家。」我看到葛爾達皺眉看著我，又補充：「沒什麼好擔心的。我信用卡離刷爆還早得很。」

「我擔心的不是你的信用卡，而是你和羅柏。這樣不像你，不跟他說你要去哪裡就離開。」

「當初是你邀我來的，你沒忘記吧？」

「沒錯，但是我沒想到你沒先跟他商量，就跳上飛機跑來了。」她審視著我。「你想談談這事情嗎？」

我迴避她的目光，轉頭看著窗子。「他不相信我，葛爾達。他認為我有妄想症。」

「你的意思是，有關那首樂曲？」

「他不明白那首樂曲的威力。他當然也不會明白我為什麼要大老遠跑來，想查出作曲家是誰。他會認為這趟旅行太瘋狂了。」

葛爾達嘆氣。「那我想我也瘋了，因為我也跑來這裡，想尋找同樣的那些答案。」

「那麼我們就該開始了。」我拿起皮包，揹在肩上。「去找達卡萊福爾諾街吧。」

我們很快就發現，威尼斯有不止一條達卡萊福爾諾街。我們去的第一條在聖十字區，下午四點的巷子裡還是擠滿了觀光客，逛著里阿爾托橋附近的小店和葡萄酒館。即使下午這麼晚了，天氣依然悶熱，我也依然因為時差而昏頭昏腦。我們找不到十一號，於是就在一家冰淇淋店暫停下來，葛爾達努力用基本的義大利語跟櫃檯後頭的中年女人溝通。那個女人看著我們手寫的地址，搖搖頭，朝著角落一張桌子旁垮坐的那名十來歲瘦削男孩喊了些話。

那男孩臉很臭，拉掉他iPod的塞入式耳機，對著我們用英語說：「我媽說不是這條街。」

「可是這條是達卡萊福爾諾街，不是嗎？」葛爾達把那張手寫的地址遞給男孩。「我們找不到十一號。」

「這條街沒有十一號。你們想找的是卡納雷吉歐區的達卡萊福爾諾街，不同區的。」

「那個區很遠嗎？」

他聳肩。「過了赤足橋，再走五分鐘、十分鐘，就到了。」

「你可以帶我們去嗎？」

那男孩的表情一副為什麼我要這麼做？根本不必翻譯。不過葛爾達提出要付他二十歐元帶我們去，他一聽臉就開心起來，立刻起身，把iPod塞進口袋。「我帶你們去。」

那男孩帶著我們大步穿過擠滿觀光客的街道，他的紅色T恤在我們的視野中不斷出現又消失。有回他快步繞過一個轉角，我們完全看不到他了。接著聽到有人喊：「嘿！兩位小姐！」同時看到他在我們前方好一段距離外揮手。那男孩急著要收到二十歐元，不想浪費任何時間，於是一直催我們趕緊往前，對這兩個老是在擁擠小巷被卡住的慢吞吞美國人很不耐煩。

過了赤足橋之後，人群竟然更擁擠了，我們無助地跟著附近火車站湧出來的人群往前走。此時我已經放棄去記路了，各種膚色的人與吵鬧聲讓我頭暈目眩。一名臉曬傷的女孩。一個展示著嘉年華會詭笑面具的商店櫥窗。一個壯大如牛的男子穿著背心，肩膀長滿了毛。然後那男孩轉離運河邊，人群逐漸減少到完全消失。當我們轉入一條昏暗的巷道時，周圍已經沒有其他人，兩旁坍塌的建築物把巷子擠得更狹窄，好像就要靠過來把我們壓扁了。

那男孩指著。「這裡，這裡就是十一號。」

我往上看著剝落的油漆和凹陷的牆壁，房子的正面密佈著蛛網般的裂痕，像是老人臉上的皺紋。隔著灰撲撲的窗子，我看到空蕩的房間散落著厚紙箱和皺報紙。

「這個地方看起來已經廢棄好一段時間了，」葛爾達說。她掃視著巷子，看到兩名老婦人站在前面一處門口觀察我們。「去問那兩位女士，看這棟房子是誰的。」她朝那位男孩下令。

「你答應過，帶你們來這裡要給我二十歐元的。」

「好啦，好啦。」葛爾達把錢遞給他。「現在可以麻煩你幫忙問了嗎？」

那男孩朝兩名老婦喊了些話。接著雙方很吵地用義大利語喊來喊去。那兩個女人離開了原先站的門口，走向我們。其中一位有一隻眼睛因為白內障而霧濁；另一位拄著手杖走路，抓著手杖的那隻手已經因為關節炎而嚴重變形。

「他們說，這棟房子去年被一位美國先生買走了，」那男孩告訴我們。「他想要開畫廊。」

兩個老婦人哼著鼻子，顯然覺得威尼斯又要開一家畫廊很荒謬，這個城市本身就已經是一件活生生、會呼吸的藝術品了。

「在那個美國人買下之前，誰住在這裡？」葛爾達問。

那男孩指著拄拐杖的關節炎女人。「她說她的家族擁有這棟房子很多年了。當初是她父親買下的，在大戰之後。」

我伸手到皮包裡拿出那本吉普賽樂曲集，抽出夾在裡頭那張〈火焰〉的樂譜，指著作曲家的名字。「她有沒有聽過這個L．托戴斯寇？」

那個有關節炎的女人彎腰湊近我們，看著那名字。有好久她都沒說話。她伸出手輕碰那張紙，喃喃說了些義大利語。

「她說什麼？」我問那男孩。

「她說他們離開了，再也沒有回來。」

「誰？」

「原先住在這棟房子裡的人。在大戰前。」

幾根關節腫大的手指忽然抓住我的手臂拉，催我跟她去。那女人帶著我們沿巷子往前，手杖噠噠敲著路面。儘管年紀大又有關節炎，但是她邁著堅定的步伐，繞過轉角，來到一條人比較多的街道。我這才發現那個男孩已經拋下我們溜掉了，所以我沒辦法問那女人要帶我們去哪裡。或許她誤解了我們的要求，我們最後會被帶到她家開的廉價小首飾店。她帶我們過了一座橋，穿過一個小廣場，然後扭曲的手指往前指著一面牆。

牆上的一塊塊木牌上刻著連續不斷的姓名和號碼……**喬默．培爾慕特，四五。布魯諾．培爾穆特，九。麗娜．法蘭妮．柯里納迪，七一……**

「是的，」那女人輕聲說。「羅倫佐。」

葛爾達先看到了。「啊老天，茱麗亞，」她猛吸一口氣。「他在這裡！」她指著眾多名字中的其中一個：**羅倫佐．托戴斯寇，二四**。

那老女人憂愁的雙眼看著我，低聲用義大利語說：「*L'ultimo treno.*（最後列車）。」

「茱麗亞，這是某種紀念牌，」葛爾達說。「如果我的理解沒錯，這些木牌解釋了這裡發生的事情，就在這個廣場。」

儘管那些字是義大利文，但是意思很清楚，連我都明白。Ebraica. Deportati. Fascisti dai nazisti.（猶太人。被押解出境。納粹的法西斯分子。）兩百四十六名義大利猶太人，從這個城市被押解出境。其中有一個年輕人名叫羅倫佐．托戴斯寇。

我四下看了廣場一圈，看到了義大利文的「新猶太廣場」字樣，於是知道我們置身何處了：猶太區。我穿過廣場到對面的另一棟建築物，那裡的牆上有一些黃銅牌子展示了中轉營和集中營的場景，我的目光聚焦在一個畫面，裡頭是一列火車，大批遭逢厄運的人們從車上湧出。最後列車，那女人用義大利語告訴我們。這列火車載走了曾住在達卡萊福爾諾街十一號的那家人。

天氣熱得我腦袋抽痛，而且害我覺得暈眩。「我得坐下來，」我告訴葛爾達。我走到一棵巨大的樹下方，坐在公共長椅上。我一邊按摩頭皮，一邊想著羅倫佐・托戴斯寇，才二十四歲，那麼年輕。他的家就在達卡萊福爾諾街那棟現在已經荒廢的樓房裡，離我現在坐的地方只有幾百步。或許他也曾在同樣的這棵樹下休息，走過同樣的這些鋪路石。或許當年他正在思索自己黯淡的未來、腦中初次浮現〈火焰〉的旋律時，就坐在跟我現在同樣的地點。

「猶太博物館就在那裡，」葛爾達說，指著附近一棟建築物。「裡頭一定有人會講英語。我去問他們會不會知道托戴斯寇一家的事情。」

葛爾達去那博物館時，我仍坐在長椅上，感覺頭部嗡響著，彷彿有一百萬隻蜜蜂擠在我的腦袋裡飛來飛去。一些觀光客漫步走過，但我唯一聽到的就是那些蜜蜂，嗡嗡嗡壓過了所有說話聲和腳步聲。我無法停止想羅倫佐，他當年比我現在年輕九歲。我想著自己九年前在哪裡。剛結婚，有大好人生等著我。我有個舒適的家，有我熱愛的事業，我的地平線上沒有一絲烏雲。但是對羅倫佐這樣一個在瘋狂世界的猶太人來說，烏雲迅速聚攏過來了。

「茱麗亞？」葛爾達回來了，旁邊站著一個年輕漂亮的黑髮女子。「這位是法蘭切絲卡，她是猶太博物館的一位策展人。我跟她說我們來的目的，她想看看〈火焰〉。」

我把那張樂譜從皮包裡拿出來，給了那位小姐，她看著作曲家的名字皺眉。「你這個是在羅馬買的？」她問我。

「我在一家古董店看到的，花了一百歐元買下。」我難為情地說。

「這張紙看起來的確很舊，」法蘭切絲卡承認。「但是我不太相信這位作曲家就是曾住在卡納雷吉歐區那個托戴斯寇家的成員。」

「所以你聽說過托戴斯寇家了？」

她點頭。「當年每個被驅逐出境的猶太人，我們檔案庫裡都有資料。布魯諾．托戴斯寇當時是威尼斯知名的絃樂器製琴師。我相信他有兩個兒子和一個女兒。我得再去查一下檔案才能確定，不過他們有可能就住在達卡萊福爾諾街。」

「這位作曲家L．托戴斯寇難道不會是他的兒子嗎？那首華爾滋的樂譜就夾在一本舊樂曲集裡面，而樂曲集的封底寫了達卡萊福爾諾街的地址。」

法蘭切絲卡搖頭。「當時法西斯黨燒掉了這些人的所有藏書和文件。據我們所知，沒有倖免的。如果托戴斯寇一家設法從火裡搶救出任何東西，後來他們被送去集中營，東西也都在那邊被毀掉了。所以這份樂譜……」法蘭切絲卡舉起〈火焰〉。「是不應該存在的。」

「但是它就在這兒，」我說。「而且花了我一百歐元。」

她仍研究著那張樂譜，拿起來對著陽光，瞇起眼睛看著五線譜上的鉛筆痕跡。「這家古董店在羅馬，他們有告訴你是從哪裡得到這份樂譜的嗎？」

「是店主從一位卡博比昂柯先生的遺產中收購來的。」

「卡博比昂柯？」

「那位店主的孫女是寫信這樣告訴我的。」我又伸手到皮包裡，拿出安娜．瑪麗亞．帕德洛內寫給我的信，遞給法蘭切絲卡。「卡博比昂柯先生住在卡斯佩里亞鎮，我相信離羅馬不遠。」

她閱讀著第一封信，然後打開第二封。我聽到她忽然猛吸一口氣，然後當她抬起頭看著我時，她眼中有個什麼改變了。興趣的火花亮起，火被點燃了。「這個古董商被謀殺了？」

「沒幾個星期前。他的店被搶劫了。」

她再度注視著〈火焰〉，現在小心翼翼拿著，好像那張紙有可能變成某種危險的東西，燙得手指沒法握住。「這張樂譜可以借我一陣子嗎？我想讓我的人檢查一下。還有這兩封信。」

「你的人？」

「我們的幾位文獻學者。我跟你保證，他們會好好珍惜的。要是這張樂譜真的像表面看起來的那麼老舊，那就不該再讓任何人的手碰觸了。請告訴我你們住在哪家旅館，我明天會打電話給你。」

「我們家裡有這份樂譜的副本，」葛爾達對我說。「沒有理由不借給她好好檢查一下。」

我看著〈火焰〉，想著這麼一張紙把我的人生搞得好悲慘。破壞了我的家庭，毒害了我對女兒的愛。

「拿去吧，」我說。「我再也不想看到這個該死的玩意兒了。」

〈火焰〉再也不是我的負擔了，現在交給了知道該怎麼處理的人，我應該要覺得鬆了口氣才對。然而那一夜，我躺在床上睡不著，為了所有沒解答的問題而苦惱。當葛爾達在旁邊那張床上沉睡時，我只是瞪著黑暗，納悶著法蘭切絲卡是否能一如她的承諾，查出那首樂曲的來源。或者那張樂譜最後的下場，就只是那個博物館檔案庫裡的又一份文件，留給某個未來的學者去思索？

我放棄睡覺，起床在黑暗中穿好衣服，溜出房間。

旅館大廳的櫃檯只有一名夜間職員，正在閱讀平裝本小說，看到我出現，她抬起頭來，朝我友善地點了個頭。外頭的街上傳來歡笑和大聲講話的聲音；夜裡一點，威尼斯的未眠人依然在外頭活動。

但是今夜我想做的，並不是在這個城市裡漫遊。我走向那位夜間職員問：「你可以幫我一個忙嗎？我得聯絡另一個城鎮的人，但是我不知道他們的電話號碼。你有什麼可以讓我查的電話簿嗎？」

「沒問題。他們住在哪裡？」

「一個叫卡斯佩里亞的小鎮，我想是在羅馬附近。他們姓卡博比昂柯。」

那職員轉向她的電腦去搜尋，想必是搜尋義大利版的分區電話資料庫。「這個姓有兩筆紀錄。菲力普・卡博比昂柯和達威德・卡博比昂柯。你想找哪一個？」

「我不知道。」

她一臉迷惑地轉頭看我。「你不知道他的名？」

「我只知道這家人姓卡博比昂柯。」

「那麼兩個電話我都寫給你。」她把資訊寫在一張紙上遞給我。

「或許你可以……」

「請說。」

「他們恐怕不會講英語，所以我可能根本沒辦法跟他們講話。你能幫我打電話給他們嗎？」

「可是現在是凌晨一點，女士。」

「不，我的意思是明天。如果有長途電話的費用，不管多少我都會付。你可以幫我傳個話給他們嗎？」

那女人又拿了一張白紙。「什麼話？」

「跟他們說我的名字是茱麗亞．安司德爾。我要找喬凡尼．卡博比昂柯的親人。是有關他曾擁有的一份樂譜，由一位羅倫佐．托戴斯寇的作曲家所寫的。」

她寫下來，然後抬頭看我。「要兩個號碼都打嗎？」

「是的。我希望能找到正確的那家人。」

「那如果他們想跟你談呢？你在這裡會住多久，這樣我可以給你回話？」

「我還會再住兩天。」我拿了她的筆，寫下我的手機號碼和電子郵件網址。「之後我要回美國，他們可以透過這個聯繫我。」

那職員把字條貼在電話旁邊的桌上。「我明天早上交接前會打。」

我知道這個要求很奇怪，也不曉得她會不會真的幫我打。但是我沒機會再問了，因為次日上午我去櫃檯時，已經換了另一個女人坐在那裡，電話旁原先貼的那張字條不見了。沒有人留話給我。只除了羅柏一直打我的手機。

我站在大廳裡，滑手機看羅柏傳來的幾則新簡訊，分別是波士頓時間凌晨兩點和五點發出的。可憐的羅柏都沒睡覺，都是我的錯。我想著我生莉莉那一天，羅柏從頭到尾都坐在我床邊，握住我的手，用冷毛巾敷我的額頭。我還記得他當時疲倦的雙眼和沒刮鬍子的臉，於是想像他現在的模樣就是如此。我該給他某種回答，於是我回訊：請不要擔心。我得做這件事，然後我會回家。我按了傳送鍵，然後想像他看到我的訊息出現在手機時，露出解脫的表情。或者他會一臉火大的表情？我依然是他深愛的那個女人嗎？或者我現在只是他生活中的麻煩而已？

「找到你了，茱麗亞，」葛爾達說，剛從用餐室吃完早餐出來。她注意到我拿著手機。「你跟羅柏談過了嗎？」

「我傳簡訊給他了。」

「很好。」她聽起來出奇地放心，接著又嘆了口氣再說一次：「很好。」

「你有法蘭切絲卡的消息嗎？關於那份樂譜？」

「沒那麼快。給她一點時間吧。我想我們應該在這個漂亮的城市裡逛一逛。你想看什麼？」

「我想回卡納雷吉歐區。新猶太區。」

葛爾達猶豫了，顯然對於重訪那個區域沒什麼興趣。「我們先去聖馬可區如何？」她建議。「我想去買點東西，喝杯貝里尼雞尾酒。我們人在威尼斯啊，就去當一天觀光客吧。」

於是這一天大部分的時間，我們都在當觀光客。去聖馬可區逛了商店，跟大批遊客擠進總督宮，然後在忙碌的里阿爾托橋上，為了我其實不是真想買的小飾品殺價。

等到我們終於過了赤足橋來到卡納雷吉歐區，下午已經過半了，我也受夠了在擁擠的人群裡努力前進。我們逃進比較安靜的猶太區，此處的狹窄街道已經籠罩在黃昏的陰影中。一開始，擺脫人潮讓我鬆了口氣，這一帶的寧靜也並沒有讓我不安。

但是沿著一條小巷走到一半，我忽然停下，回頭看著身後。我沒看到任何人，只有一條陰暗的小巷，以及上方高處一條繩子上曬著的衣服在飄動。沒有什麼好擔心的，然而我的皮膚卻微微刺痛，種種感官忽然變得十分警覺。

「怎麼了？」葛爾達問。

「我想我聽到我們後面有人。」

「我沒看到任何人啊。」

我忍不住一直掃視那條小巷，尋找任何一絲動靜。但是只看到上方在曬的衣服搖晃著，三件褪色的襯衫和一條毛巾。

「後頭沒有人啦。走吧。」葛爾達說，繼續往前走。

我也只能跟著她，因為我不想被單獨留在那條引發幽閉恐懼症的小巷子裡。我們一路來到新猶太廣場，那些刻著被驅逐猶太人名字的木牌再度吸引了我。他的名字在這裡，羅倫佐·托戴斯寇。儘管法蘭切絲卡不太相信他就是我們要找的作曲家，但是我的直覺很確定〈火焰〉就是他的作品。看到他的名字刻在這裡，就像是跟一個我知道許久、但是現在才終於見到的人面對面。

「時間晚了，」葛爾達說。「我們該往回走了吧？」

「還不行。」我穿過廣場到猶太博物館，現在已經閉館了。隔著窗子，我看到一個男人在裡面，正在把一疊小冊子收整齊。我輕扣窗玻璃，他搖搖頭指著自己的手錶。但我又敲，他終於打開門，擺出不歡迎的臭臉看著我。

「法蘭切絲卡在嗎？」我問。

「她今天下午離開了。去找一位記者。」

「她明天會在嗎？」

「我不知道。你明天再來吧。」他講完就關上門，並傳來刺耳的門閂上鎖聲。

那一晚葛爾達和我隨便挑了一家普通餐廳吃晚餐。在聖馬可廣場附近有無數這類餐廳，供應過於昂貴的披薩和義大利麵，給那些永遠不會再上門的觀光客。餐廳裡客滿了，緊挨著我們的隔壁那桌是一家曬得黝黑的美國中西部人，他們笑得太大聲又喝了太多酒。我沒有胃口，眼前盤子內攤開的肉醬麵像流著血，我還得逼自己硬吃下那些索然無味的麵。

葛爾達拿起裝著奇昂第葡萄酒的玻璃酒瓶，為自己的酒杯添酒，興致頗高。「我認為我們的任務達成了，茱麗亞。我們來了，我們問了，我們得到了答案。現在我們知道作曲家是誰了。」

「法蘭切絲卡似乎有疑問。」

「名字符合，地址符合。一定是羅倫佐．托戴斯寇。聽起來這家人都已經死去，所以我想我們錄製這件作品應該很安全。等我們回到美國，就著手把曲子改編成絃樂四重奏的版本。我相信史黛芬妮可以在大提琴部分想出一些不錯的和聲。」

「我不曉得，葛爾達。錄製這首華爾滋，感覺上不太對。」

「有什麼不對的？」

「好像我們在剝削他，從他的悲劇中獲利。這件音樂作品有這麼一段可怕的歷史，不曉得我們會不會招來厄運。」

「茱麗亞，這不過就是一首華爾滋。」

「而且把這首華爾滋樂譜賣給我的那個人，在羅馬被謀殺了。感覺上好像這張樂譜為每個碰觸過或聽過它的人下了詛咒。就連我的女兒都逃不過。」

葛爾達沉默了一會兒。她喝了一口葡萄酒，冷靜地放下高腳杯。「茱麗亞，我知道過去幾個星期對你來說很辛苦。包括莉莉的種種問題，你摔下樓梯。但是我不認為那些跟〈火焰〉有任何關係。沒錯，這件作品複雜又很有力量，而且作品背後有一段悲劇歷史。但這音樂只不過是紙上的一些音符而已，而且那些音符需要被人聽見。我們向羅倫佐．托戴斯寇致敬的方式，就是將他的音樂分享給全世界，給他不朽的聲名，因為這是他有資格得到的。」

「那我女兒怎麼辦？」

「什麼怎麼辦？」

「那首樂曲改變了她。我知道是這樣。」

「或許只是看起來如此。當事情出錯時，我們自然會想找出解釋，但是或許根本沒有解釋。」她伸手橫過桌面，放在我的手上。「回家吧，茱麗亞。去跟羅柏談。你們兩個得一起解決問題。」

我直視著她，但她迴避我的目光。為什麼我們之間的一切突然改變了？如果連葛爾達都反對我，那就沒有人站在我這一邊了。

我們沉默地離開餐廳，過了學院橋，回到多爾索杜羅區。儘管時間很晚了，街道上還是很熱鬧，嘈雜聲一陣陣傳來。這是個溫暖的夜晚，到處都是成群的時髦年輕人，大嗓門的男生襯衫沒紮進褲子，輕鬆愉快的女生穿著短裙和繞頸繫帶背心，玩鬧，大笑，喝酒。但葛爾達和我卻一言不發，只是默默轉彎離開那條忙碌的街道，進入一條安靜許多的巷子，走向我們的旅館。

此時羅柏大概已經知道我在威尼斯了。只要查一下我們的網路帳戶，他就會知道我在威尼斯的提款機提領了現金，而且才剛在聖馬可區的一家餐廳刷了我的信用卡。這類秘密沒辦法瞞著一個會計師；他是追蹤錢的專家。我對於完全不回電給他覺得歉疚，但我很怕他會跟我說的話。我很怕聽到他跟我說他已經被逼到極限了。在十年的美好婚姻後，我有可能失去他嗎？

我望著巷子的盡頭，看到我們那家旅館的招牌發出微弱的光。我們走近時，我還在想著羅柏，想著我要跟他說什麼，還有我們要怎麼熬過難關而依然保住婚姻。我沒注意到站在門口的那個男人。然後一個寬肩、看不到臉的人影忽然從陰影處冒出來，來到我們面前，擋住我們的路。

「茱麗亞．安司德爾？」他問。低沉的聲音，義大利口音。

葛爾達說：「你是哪位？」

「我要找安司德爾太太。」

「唔，你們處理的方法完全錯了，」葛爾達凶巴巴地說。「你是想要嚇她嗎？」那個男人走向我們時，我開始後退，直到最後貼著牆壁。「站住，你把她嚇壞了！」葛爾達說。「她丈夫沒說過會這樣做的！」

她丈夫。隨著她講的這幾個字，一切都變得清楚得驚人。我看著葛爾達。「你——羅柏——」

「茱麗亞，親愛的，他今天早上打電話給我，當時你還在睡。他解釋了一切。你的崩潰，那位精神科醫師。他們想接你回家去住院。他保證不會讓你不高興，但結果他們派了這個混蛋來，」她走到我和那男人中間，把他推開。「馬上後退，你聽到沒？要是她丈夫希望她回家，他就得親自過來，然後——」

槍聲讓我整個人僵住了。葛爾達踉蹌靠在我身上，我試著扶住她，但她接著就癱倒在地上。我感覺到她的血沿著我的手臂往下流，溼溼暖暖的。

旅館門忽然打開，我聽到兩名男子大笑著走出來。那開槍男子轉頭朝他們看，一時間分心了。

此時我開始跑。

我本能地衝向亮光，朝向人多的安全處。我聽到另一聲槍響，感覺到空氣呼嘯著經過我的臉頰。我快步繞過轉角，看到前面有一家小餐館，有些人在戶外餐桌旁用餐。我跑向他們時，想朝他們大叫救命，但是恐慌使得我喉嚨緊閉，幾乎發不出聲音。我很確定那名男子就跟在我後頭，於是繼續奔跑。我衝過人群間，大家都朝我看過來。更多眼睛，更多目擊證人，但誰會站到我和一顆子彈之間呢？

學院橋是離開多爾索杜羅區最直接的路線。一旦過了橋，我就可以加入聖馬可區更多的人群中，在那些永遠歡鬧的人潮中隱身。而且我記得曾在那裡看到過一間警察局。

橋就在前方了。那就是我抵達安全的通道。

只差幾步我就要過橋了，此時忽然有一隻手抓住我，拉得我停下。我猛地轉身，準備要抓攻擊者的眼睛，但我看到的那張臉是一個年輕女人的，是猶太博物館的法蘭切絲卡。

「安司德爾太太，我們正要去找你。」她暫停，皺眉看著我恐慌的臉。「怎麼了？你為什麼在跑？」

我回頭看一眼，瘋狂地搜尋著一張張臉。「有個男人——他想殺我！」

「什麼？」

「他等在旅館門口。葛爾達——我的朋友葛爾達——」我的嗓子啞了，轉為啜泣。「我想她死了。」

法蘭切絲卡轉身，跟一個站在她旁邊的絡腮鬍青年說了些義大利語。他揹著背包、戴著學者氣質的眼鏡，看起來像個認真的研究生。那青年嚴肅地點了個頭，匆忙離開，走向我旅館的方向。

「我的同事薩瓦托雷會去看一下你的朋友狀況怎麼樣，」她說。「現在快點跟我走吧。我們得把你藏起來。」

羅倫佐

16

一九四三年，十二月

當你看不到自己往哪邊前進，當你不曉得自己的最終目的地，每一個小時都是漫長無盡的永恆。

夜幕降臨，而因為火車上所有的遮光簾緊閉，羅倫佐再也看不出列車朝哪個方向行駛。他想像窗外掠過一片片原野和農田，小村子裡的房子亮著燈，全家人坐在晚餐桌前。他們會聽到火車經過的隱約喀噠聲嗎？他們會暫停下來，舉到嘴巴的叉子半途停下，納悶著火車上載了什麼人嗎？或者他們只是繼續吃自己的晚餐，因為在家宅之外所發生的一切他們都不關心，何況他們又能怎麼樣？這列火車就跟之前的那些一樣，無論如何都會繼續往前行駛，所以他們剝開麵包，喝著葡萄酒，繼續過自己的日子。

*我們就像夜間的鬼魂般經過了而已。*羅倫佐心想。

他手臂麻痺了，但他不想移動，因為皮雅頭靠著他肩膀正在熟睡中。她好幾天沒洗澡了，長髮變得蓬亂又油膩。她本來對自己的頭髮很自豪，每回看到長得好看的男生經過，她就會把頭髮往肩後一撥。現在她頭髮沒有光澤又黏膩，那張臉那麼瘦削而蒼白，還會有男生看她嗎？她長長睫毛的影子落在眼睛下方，像是瘀青一般。他想像她在集中營內努力工作，在寒冷中發抖，變得愈來愈瘦弱。他吻一下她頭頂，沒聞到她慣常的玫瑰水香味，只有汗水和髒頭皮的氣味。人類要多快就會淪落到悲慘的境地？他心想。只要幾天沒食物、沒床可睡、沒洗澡，所有人的熱情都會消失，就連馬可，現在也只是絕望地垮坐在那裡。

火車忽然前傾一下，然後逐漸停止。隔著緊閉的遮光簾，他看到月台上冷冷的燈光。皮雅猛地驚醒，睏倦的眼睛往上看著他。「我們到了嗎？到佛梭里了嗎？」

「我不曉得，親愛的。」

「我好餓。為什麼他們不給我們食物？讓我們餓肚子搭車這麼久是不對的。」

車門被吱嘎拉開，有聲音用德語喊道：「全部下車！全部下車！」

「他們說什麼？」皮雅害怕地說。「我不曉得他們要我們做什麼！」

「他們在命令我們下車。」馬可說。

「那麼我們就得照他們的吩咐做。」羅倫佐拿起他的小提琴對著皮雅說，「緊緊跟著我，親愛的。握住我的手。」

「媽媽？」皮雅恐慌地喊道。「爸爸？」

「一切都會沒事的，我很確定，」布魯諾說。「不要引起別人的注意就是了，不要看任何人。我們一定得度過這一關。」他們的父親擠出虛弱的微笑。「而且我們一定要在一起。這是最重要的。全家人在一起。」

皮雅垂著頭，握著羅倫佐的手，跟在父母和馬可後頭下了火車。外頭好冷，他們呼出的氣都凍成白煙，在空氣中打轉。泛光燈往下照著火車月台，明亮有如白晝，讓從車上下來的人都無法直視，胡亂地擠成一團以保持溫暖。羅倫佐和妹妹被人群擠來擠去，像兩個泳者迷失在一片充滿恐懼靈魂的大海中。他身後有個嬰兒嘶喊得好大聲，因而他聽不到月台另一頭大喊的命令。直到一個警衛往前，開始把人群分開，他才明白他們應該要排成一列等候檢查。兩兄妹並肩站在那裡瑟瑟發抖時，皮雅仍緊抓著他的手，害怕會失散。羅倫佐看了站在右邊的馬可一眼，但他哥哥面對前方，昂著下巴，肩膀挺直，彷彿是要挑戰那些威嚇他的警衛。

士兵們沿著那排囚犯緩步往前，愈來愈近。羅倫佐低頭注視著月台，只看到一雙擦亮的靴子忽然停在他面前。

「你。」一個聲音說。

羅倫佐緩緩抬起眼睛，看到一個納粹親衛隊軍官盯著他看。那軍官用德語問了一個問題。羅倫佐聽不懂，不知所措地搖搖頭。那軍官指著羅倫佐手上的琴盒，又問了一次同樣的問題。

一個義大利警衛走上前翻譯。「他想知道這個樂器是不是你的。」

羅倫佐好怕他們會沒收女魔法師，於是更握緊了琴盒。「是的，是我的。」

「你會拉這把小提琴？」

羅倫佐吞嚥著。「是的。」

「你都演奏什麼樣的音樂？」

「任何音樂。只要樂譜擺在我面前，我就會拉。」

那個義大利警衛看著那德國軍官，那軍官不客氣地點了一下頭。

「你跟我們來。」那義大利警衛說。

「我的家人也要一起嗎？」

「不，只有你。」

「但是我得跟我的家人在一起。」

「我們用不著他們。」他朝兩個士兵揮手，那兩人上前，抓住羅倫佐的手臂。

「不，不。」

他被扯離妹妹的手時，「羅倫佐！」皮雅尖叫著。「不要帶走他！拜託不要帶走他！」他往後扭著身子，想要看她最後一眼。他看到馬可抱住皮雅，而皮雅奮力想掙脫。他看到他母親和父親絕望地緊貼著彼此。然後他被拖著走下一道水泥階梯，離開月台。在泛光燈令人目盲的強光下，他看不見自己往哪裡走，但聽得到皮雅尖叫著他的名字。

「我的家人——拜託讓我跟我的家人在一起！」他哀求。

其中一個士兵冷哼一聲。「他們要去的地方，你不會想去的。」

「他們要去哪裡？」

「姑且這麼說吧，你是幸運的少數人，你這個白痴。」

皮雅的叫聲在他身後愈來愈遠，羅倫佐和兩名士兵沿著一條有車轍的道路往前。離開燈光後，他現在可以辨認前方那些高高的牆。在夜空之下，不祥的高塔像岩石巨人般往下俯瞰，他感覺到兩個警衛低頭看著，同時他們穿過一道柵門。他們經過庭院，來到一棟低矮的建築物，其中一個士兵朝一扇門用力敲了三下。

裡頭有個聲音命令他們進去。

士兵從背後推了羅倫佐一把，他絆到門檻，踉蹌進去時琴盒差點掉地。他蹲在地上，聞到了香菸和柴煙。聽到門在後面轟然關上。

「笨蛋！」一個聲音用義大利語厲聲說。不是對著羅倫佐罵，而是對著那兩個士兵。「你們不是看到他拿著小提琴嗎？要是琴摔壞了，我要剝了你們的皮！」

羅倫佐緩緩起身，但是害怕得不敢直視那個講話的男人，而是四下看著別處。他看到磨損的木地板、一張桌子和幾張椅子，一個塞滿菸蒂的菸灰缸。桌上亮著一盞檯燈，還有四疊紙張整齊擺放著。

「現在是什麼狀況？看著我。」

羅倫佐的目光終於轉向那名男子，忽然間再也無法移開。他看到明亮的藍色眼珠，和一頭炭黑色頭髮形成鮮明的對比。那雙眼睛緊緊盯著他，讓羅倫佐覺得自己好像被釘在原地。這個男人全身散發著權力，而且他的制服上有令人膽寒的權威徽章。他是義大利親衛隊的官拜上校。

一個士兵說：「這個人說他是音樂家。」

「那小提琴呢？」那上校看了琴盒一眼。「這把琴可以拉嗎？」他的目光又回到羅倫佐臉上。「可以嗎？」

「可以，長官。」

「把琴盒打開吧。」那上校朝桌上指。「我們來看一下。」

羅倫佐把琴盒放在桌上。他雙手冰冷而笨拙地打開扣鎖，掀起盒蓋。在裡頭，女魔法師發出光澤，有如磨光的琥珀般，安歇在黑色天鵝絨的襯墊裡。

上校讚賞地咕噥了一聲。「你是怎麼得到這件樂器的？」

「原先是我外公的。而他是從他祖父那邊得到的。」

「你說你是音樂家？」

「是的。」

「證明給我看。讓我聽聽你演奏吧。」

羅倫佐的雙手因為寒冷與恐懼而僵硬。他捏捏拳，好讓溫暖的血液流到手指，這才從天鵝絨襯墊裡拿起女魔法師。儘管搭了很久的火車，剛剛月台又很冷，但提琴的音準還是沒問題。「你希望我演奏什麼，長官？」

「什麼都行。只要證明你會拉就好。」

羅倫佐猶豫了一下。要拉什麼？他遲疑得整個人呆掉了。然後他顫抖著把琴弓舉向琴絃，停在那裡，逼自己雙手穩住。幾秒鐘過去了。上校等待著。等到琴弓終於開始移動，簡直像是它自行動起來，彷彿女魔法師再也無法等著他選擇音樂了。幾個微弱的音符，琴弓猶豫地揮動幾下，忽然間，旋律奔放地流瀉而出，傳遍房間的每個黑暗角落，讓空氣發出嗡響，讓香菸的煙霧在陰影中舞動。這首曲子他不需要樂譜；因為旋律已經永遠鐫刻在他的記憶中，在他的心底。

那是他和勞拉在威尼斯大學表演過的曲子，這首二重奏永遠會令他想起自己生命中最快樂的時光。當他拉奏時，可以感覺到她的靈魂就在他身邊，記得她那一夜上台穿的黑緞禮服，還有她擁住大提琴時肩膀的曲線。他清楚記得當時她的頭髮撥到一側，露出一小段白皙的頸背。他拉奏著，彷彿她就坐在身旁。他閉上眼睛，忽然間一切都消失了，只剩勞拉。他忘了身在何處，忘了疲倦和飢餓和恐懼。勞拉就是他的力量、他的靈丹，把生命灌注到他僵硬的雙手，他拉奏的每一個音符，都是他的心跨越時間、跨越相隔的遙遠距離，在呼喚著她的心。他的身體隨著音樂搖晃，額頭冒出汗珠。原先似乎好冷的房間，現在感覺上像個火爐，而他在裡頭焚燒，被琴絃發出的火焰吞噬。你在聽嗎，我親愛的？你聽到我在為你歌唱嗎？

他的琴弓拉出最後一個音符。隨著樂音逐漸消失後，房間裡的寒氣又滲回他的四肢。他筋疲力盡地放下琴弓，低著頭，肩膀垮下。

有好一會兒，沒有人說話。

然後上校說：「我沒聽過這件作品。作曲人是誰？」

「是我。」羅倫佐喃喃說。

「真的？這件作品是你寫的？」

羅倫佐疲倦地點了個頭。「這是為小提琴和大提琴寫的二重奏。」

「所以你會幫樂團寫合奏樂曲了。」

「只要我有靈感。」

「我懂了。原來如此。」上校圍繞著他緩緩走了一圈，彷彿要從所有角度仔細察看他。然後他突然轉向兩個士兵。「你們出去。」

「我們應該在外頭等嗎，長官？很難說他會不會——」

「怎麼？你們以為我沒辦法對付一個悽慘的囚犯？好，你們想要的話，就守在門口吧。反正出去就是了。」上校面無表情地默默等著，於是那兩個士兵退出房間。直到門關上，他才又看著羅倫佐。「坐吧。」他命令道。

羅倫佐把小提琴放回琴盒裡，坐在一把椅子上，剛剛的演奏讓他氣力放盡，雙腿根本再也撐不住了。

上校拿起女魔法師，拿到燈光下看，欣賞著那溫暖的光澤。「要是交給一個技術差一點的人，這樣的樂器就浪費掉了。但是在你手裡，她就活了過來。」他把琴舉到自己耳邊，輕敲背板，傾聽那木板的豐富共鳴。他把女魔法師放回琴盒時，看到塞在蓋子內側的那本吉普賽樂曲集。他抽出來，皺眉翻閱著。

羅倫佐的胃緊縮糾結。如果那是莫札特或巴哈或舒伯特這類受敬重作曲家的作品集，他就不會擔心了，但這些是吉普賽樂曲，是賤民的音樂。他看著上校把樂曲集放回琴盒內。

「那是我外公的藏書，」羅倫佐趕緊解釋。「他是威尼斯大學的音樂教授。收集各種音樂是他工作份內的事——」

「關於音樂的事情，我選擇不要批判，」上校揮了一下手，表示不追究。「我不像那些燒書、砸爛樂器的黑衫軍暴徒。不，我欣賞音樂，所有音樂。即使是在這個骯髒的行業裡，我們也不能失去對藝術的欣賞，你同意嗎？」他皺起嘴唇，打量了羅倫佐一會兒。然後他走到餐具櫃，拿了他晚餐吃剩的稀少食物回來，放在羅倫佐面前。

「藝術家需要燃料才能創作。吃吧。」他催促道。

羅倫佐低頭看著一塊麵包皮，還有表面罩著一層白色肥油的凝結肉汁。沒有肉了，只有幾塊胡蘿蔔和洋蔥，不過對一個餓壞的人來說，這是一頓大餐。但是他沒碰。他腦中浮現出自己妹妹的瘦臉。他想到他母親，因為飢餓而虛弱不穩。

「我的家人一整天都沒吃東西，」他說。「火車上的人都沒吃東西。你能不能給他們——」

「你到底要不要吃？」上校凶巴巴地說。「因為如果你不吃，我就要拿去餵狗了。」

羅倫佐拿起那塊麵包皮，猶豫了一會兒，滿心罪惡，但是又餓得無法抗拒。他拿起麵包皮刮過肉汁，挖起一條肥油，塞進嘴裡，當食物的滋味在他舌上爆開時，他嘆了口氣。牛肉肥油的絲滑，胡蘿蔔的甜，燒焦麵包皮的麵香帶著苦味。他繼續用麵包皮撈起肉汁裡殘餘的食物碎片，等到麵包皮吃完了，他就用手指抹起剩下的油脂，最後用舌頭舔盤子。

上校坐在他對面的椅子，邊抽菸邊觀察他，臉上的表情半是好笑、半是無聊。「我要收走了，免得你接下來把盤子都啃掉。」他說，把盤子拿回去放在餐具櫃上。「我可以安排送更多食物過來。」

「拜託。我的家人也很餓。」

「這一點你改變不了。」

「但是你可以。」羅倫佐壯起膽子看著上校的眼睛。「我妹妹才十四歲。她名叫皮雅，她沒做錯任何事。她是好人，很善良，她有資格活下去。還有我母親，她身體不好，但是她會很努力工作。他們都會的。」

「我幫不上任何忙。我建議你別再想他們了。」

「別再想他們？這是我的家人，任何人都不可能——」

「如果你想活下去，那麼不光是可能，還是必要的。我問你，你是不是一個倖存者？」

羅倫佐看著那對晶亮的藍色眼珠，那一瞬間，他知道這個男人就是一個倖存者。把他扔在大海裡，或是丟給一群嚎叫的野獸，他最終都有辦法毫髮無傷地脫身。現在上校在挑戰羅倫佐也做同樣的事情，要他拋開任何可能把他拖到海浪下的負擔。

「我想跟他們在一起，」羅倫佐說。「不要拆散我們。在這裡，只要我們全家人能在一起，我知道我們全都會更努力工作的，這樣對你們的用處會大得多。」

「你到底以為你現在人在哪裡？」

「之前我們被告知說要去佛梭里。」

上校咕噥了一聲。「你不在佛梭里，而是聖撒巴❷。這裡只是個臨時的中轉營。從這裡，大部分被驅逐出境的人會被送到別的地方，除非他們符合某種特殊需要。像你就是。」

---

❷ 聖撒巴碾米廠（Risiera di San Sabba），位於義大利東北端大城的里雅斯特（Trieste），原為碾米廠。二次大戰時期被徵收，成為納粹拘留政治犯與猶太人的監獄、集中營。

「那麼我一定得回到那列火車上，免得車開走了。」

「相信我，你不會想回那列火車的。」

「他們要被送去哪裡？拜託告訴我。」

上校吸了一大口菸，吐出來。他隔著煙霧凝視羅倫佐，開口說：「火車要往北開。到波蘭。」

上校把一杯葡萄酒推到羅倫佐面前，然後又倒了一杯給自己，喝了一口後，他打量著坐在桌子對面的這名囚犯。「你是幸運的人之一。你應該慶幸自己留在聖撒巴這裡。」

「我的家人——他們要去波蘭的哪裡？」

「那不重要。」

「對我來說很重要。」

上校聳聳肩，又點起一根香菸。「不管最後他們被送到什麼地方，那裡都會很冷。比你能想像的更冷。這點我可以跟你保證。」

「我妹妹只有一件薄大衣。而且她很瘦弱，沒辦法做粗活。要是分派她去做女性的工作，比方縫制服或刷鍋子，那她就有辦法。可以安排嗎？」

「猶太人被送到波蘭是什麼意思，你一點都不明白，是吧？如果你跟著我，就可以躲過那種下場了。」

「我妹妹——」

「忘掉你該死的妹妹！」

羅倫佐被上校的大吼嚇了一跳。他拚命想救皮雅，都忘了自己也身處險境。這個人可以當場下令處決他，而且從他眼中的怒氣看來，他似乎就在考慮要這麼做。幾秒鐘過去了，羅倫佐處於厄運的邊緣，準備好會有一顆子彈穿入他的腦袋。

上校往後靠坐，又喝了一口葡萄酒。「你知道，如果你合作，就有可能保住一條命。不過條件就是你必須合作。」

羅倫佐吞嚥著，喉嚨還是因為恐懼而發乾。「我要做什麼？」

「演奏音樂，如此而已。就像你剛剛拉給我聽那樣。」桌上的燈照得上校的臉上一片片不祥的陰影，他的眼珠閃出冰冷的寒光。他是個什麼樣的人？機會主義者，這個很明顯，但是跟善惡無關。在那套熨燙妥貼的制服下面，是一顆什麼樣的心在搏動？

「我要演奏給誰聽？」羅倫佐問。

「只要指揮官需要音樂的場合，你就要演奏。現在聖撒巴碾米廠正在擴大，會有一些這樣的場合。上星期，有六名軍官從柏林來到這裡。下星期蘭伯特先生會親自來監督新的建造工作。屆時會有接待會、晚宴。要為客人提供娛樂節目。」

「所以我要演奏給德國軍官聽了。」羅倫佐說，無法隱藏他聲音中的厭惡意味。

「你寧可走出去，在院子裡被處決？因為我一定會成全你。」

羅倫佐吞嚥著。「不，長官。」

「那麼你就要在歐伯郝瑟指揮官下令的任何時間、任何地點演奏。我的任務是找出夠有才華的音樂家，組成一個樂團。到目前為止，你是第三個被選中的。包括你在內，現在我們有兩個小提琴手和一個大提琴手，這是個開始。每列火車都會載來新的人選。或許下一批囚犯中，我可以找到一個單簧管樂手或喇叭手。我們已經收集了夠多樂器，可以提供給一個小型管絃樂團了。」

他真正的意思其實是沒收，從不知道多少被剝奪財物的不幸者那邊得來的。女魔法師也會有同樣的厄運，成為又一件被掠奪而去、堆積在某個倉庫裡的無名樂器之一嗎？他看著自己的小提琴，害怕得就像一個母親唯恐自己懷裡的小孩被搶走一般。

「你的樂器的確非常精緻，」上校說，吐出一大團煙霧。「比我們現有的任何小提琴都好太多了。」

「拜託，這是我外公傳下來的琴。」

「你以為我會把它搶走嗎？這把琴當然應該由你來演奏，因為你最懂它。」上校身子往前湊，那張臉穿過白色煙霧，清澈得出奇的雙眼凝視著他。「就像你一樣，我也是藝術家。我知道身邊環繞的盡是不懂得欣賞音樂或文學的人，會是什麼滋味。這個世界瘋了，戰爭讓一堆野蠻人掌權。但是我們也只能忍受他們，適應種種事物的新秩序。」

他在談適應，而我只是想苟活下去。不過上校提供了他一小片希望，所以他至少有苟活的機會。這個人跟他一樣是義大利人：或許他對自己的國人會比較寬大。或許他加入納粹親衛隊只是為了要躋身有權人士行列，其實不是真正信服納粹，而是務實而已。為了生存，你至少表面上得跟贏家站在一起。

上校站起來，從他辦公桌上拿起一疊紙。他把那疊空白的五線譜稿紙放在羅倫佐面前。「你要負責為我們的新樂團安排音樂。因為你似乎對樂譜很熟悉。」

「你希望我們演奏什麼樣的音樂？」

「老天在上，絕對不能是那些吉普賽樂曲，不然指揮官就會下令把你槍斃，而我會被送到前線。不，他們比較喜歡自己熟悉的古老音樂。莫札特、巴哈。我有鋼琴樂譜可以讓你參考。你得改編一下，提供給我們能找到的樂手。」

「你剛剛說，我們現在只有兩個小提琴手和一個大提琴手。這實在算不上是個管絃樂團。」

「那就讓你的第二小提琴手拉兩倍的音符！眼前你只能將就，利用我們現有的。」上校丟了一支鉛筆給他。「證明你的價值吧。」

羅倫佐低頭看著那些稿紙，空白的五線譜等著要填上音符。這個至少是他熟悉的，是他了解的。音樂會是他的靠山，會支撐他。在這個發瘋的世界，只有音樂能幫助他保持理智。

「你在聖撒巴這裡的期間，可能會看到某些……不愉快的狀況。我建議你什麼都不要看，什麼都不要聽，什麼都不要說。」上校手指輕敲那疊空白的稿紙。「專注於你的音樂。做好你的工作，你就有可能在這個地方存活下去。」

17

一九四四年，五月

深夜裡，羅倫佐躺在他的鋪位上，聽得到一號牢房傳來的嘶喊。他從來不曉得正在遭受刑求的人是誰。他從來沒見過那些被害人。他只知道每一夜被折磨的人聲音都不一樣。有時是女人的尖叫，有時是男人的。有時一個男中音會破嗓，變成小男生那種女孩子氣的啜泣。要是羅倫佐敢朝鐵柵門外看，他可能就會在那些可憐人被拖進牢房區、帶往左邊第一道門時瞥見他們一眼。那位義大利上校曾警告他什麼都不要看，什麼都不要聽，什麼都不要說，但是他怎麼有辦法假裝沒聽到刑求牢房發出的那些慘叫？那些嘶喊可能是義大利語或斯洛維尼亞語或克羅埃西亞語，但無論哪種語言，意思總是相同：我不知道！我沒辦法告訴你！拜託停止，求求你停止！有些是游擊隊員，有些是反抗軍戰士。有些只是隨機的倒楣鬼，根本沒有什麼情報可以講，卻同樣被殘酷地折磨，只因為拷問者高興。

什麼都不要看。什麼都不要聽。什麼都不要說。你就有可能存活下去。

跟羅倫佐同牢房的五個室友，都有本事在夜間的嘶喊中照睡不誤。睡在雙層床他下鋪的鼓手正在打鼾，外加慣常的低吼和溼咳。那些刑求的喊叫聲可曾刺穿他的睡眠？他怎麼有辦法這麼輕易地就逃入夢鄉？正當羅倫佐躺著睡不著時，那鼓手卻繼續睡，跟其他室友一樣。他們睡覺是因為身體疲倦至極且虛弱；而且因為大部分人類，其實都有辦法學著適應幾乎任何事情，即使是被刑求的哭喊。並不是他們的心腸變硬了，而是因為他們也做不了什麼，而無能為力之餘，就會自成一種平靜。

大提琴手維多里歐嘆息著翻了個身。他夢到了他太太和女兒嗎？他看到妻女的最後一眼，是在聖撒巴的火車月台上。而在同一個月台上，他們全都因為會演奏樂器而被單獨挑出來，跟深愛的家人就此被拆散。即使現在，過了幾個月之後，對羅倫佐來說，跟家人分離的傷口仍然痛得有如剛截肢一般。當他們的家人幾乎都確定死去之時，讓這個樂團六名心碎男人能繼續活下去的，就是音樂。

那個義大利上校親手挑出了他們六個。可憐男子管絃樂團，上校這麼戲稱他們，不過他們可以滿足他的目的。眼睛濡溼渾濁的鼓手史洛莫是米蘭人，他和家人在試圖穿越邊境、進入瑞士之時被逮捕。第二小提琴手艾米力歐是在布雷夏附近一棟朋友的農莊被抓出來，他的朋友則因為窩藏猶太人而被當場處決。大提琴手維多里歐是在威琴察被逮捕，來到聖撒巴之後，他的頭髮在幾個星期內就神奇地變白了。法國號手卡羅本來很胖，現在腹部有一道道垂垮的蒼白皮膚。最後是中提琴手艾力克斯，他是斯洛維尼亞人，才華高到可以在全世界任何管絃樂團找到位置。但結果他卻在這個被詛咒的樂團裡，整個人只剩一具軀殼，用機械式的手指和空洞的雙眼在演奏。艾力克斯從來不談家人，不談他是怎麼來到聖撒巴的。羅倫佐也沒問過。

他自己的夢魘已經夠多了。

在一號牢房裡，嘶喊聲拔高成為尖叫，尖銳得羅倫佐趕緊雙手摀住耳朵，拚命想阻絕那個聲音。他手壓在那裡，直到嘶喊聲逐漸消失，他唯一能聽到的就是自己脈搏的快速跳動。當他終於敢拿開雙手時，他聽到牢房門打開的熟悉尖嘯，然後是囚犯身軀被拖往庭院的刮擦聲。

他知道那具身軀的最後終點。

三個月前，他們牢房區對面那棟建築物裡開始有營建施工。雖然曾被忠告什麼都不要看，什麼都不要聽，但是羅倫佐很難不看見所有載著物料穿過柵門、進入營區的卡車。他也無法避免地注意到柏林來的營建團隊，由一個德國建築師率領，那建築師不停在營區裡走來走去，發號施令。一開始樂手們都不曉得要建造什麼；工程是在對面那棟建築物內部進行，外頭看不見。羅倫佐以為他們是在裡頭增加一個牢房區，好容納大量的新囚犯。每個星期都有那麼多男女和兒童搭火車抵達，多到有時只好讓他們移到一個露天的庭院待上好幾天，沒有遮蔽又凍得發抖，等著被運送到北邊。是的，猜測它是新監獄是很合理的。

然後他開始聽到一些傳言，是那些被找去搬運磚頭、灰泥到那個無窗新結構物裡面的囚犯偷偷講的。他們看到一條地下隧道通往煙囪。不，正在蓋的這個不是什麼新監獄，他們告訴他，是別的。至於這個新結構物的使用目的，他們只能用猜的。

四月一個寒冷的早晨，羅倫佐第一次看到那煙囪湧出裊裊煙霧。

一天後，原先在對面建築物裡面工作的囚犯們、也就是曾告訴羅倫佐他們在裡頭看到什麼的那些人，就從自己的牢房被押出來，再也沒有回來過。次日早晨，煙囪冒出一種躲不掉的臭味。那臭味會黏在衣服和頭髮上，在喉嚨和鼻孔轉來轉去，吸入肺裡。囚犯和警衛都被迫要吸入死人的氣味。

什麼都不要看。什麼都不要聽。什麼都不要說。你就有可能存活下去。

每個人都不去聽一號牢房傳出來的嘶喊，不去聽營區牆外傳來的處決槍聲。但是有一個聲音沒有人能擋在外頭不聽，那聲音太駭人了，連警衛聽了都會皺臉。有些被處決的囚犯被送到焚化爐時沒有真的死掉，只是被處決的子彈或轟擊嚇呆了，然後他們被活生生丟進火焰裡。士兵們會發動卡車讓引擎空轉，或是刺激他們的狗亂叫，但是這些分散注意力的手段，都不足掩蓋偶爾從那個冒煙怪獸裡所傳來的尖叫聲。

為了要蓋掉那些垂死之人的聲音，聖撒巴這個不幸的小管絃樂團就被命令要在庭院裡演奏。

於是每天早晨，羅倫佐和室友就盡責地拿著自己的樂器和譜架，走出牢房。他已經不記得自己來到這裡有多久，但是過去一個月，他注意到建築物外牆上攀爬的那些藤蔓逐漸變綠；而且沒幾個星期前，他看到岩石裂縫間冒出了一些小小的白花。春天來了，就連在聖撒巴也不例外。他想像在圍牆和帶刺鐵絲網外有野花盛開，他渴望著泥土和青草和樹林的氣息，但是在這個營區裡，只有卡車廢氣、污水、煙囪的臭味。

今天從天亮開始，牆外就傳來一輪又一輪的槍聲。現在第一輛卡車駛入營區，載著那天早上槍響的成果。「用來燒火的木頭越來越多了。」那個義大利上校說，看著卡車駛入庭院，卸下貨物，然後他轉身對著他的管絃樂團。「好吧，你們還在等什麼？開始！」

他們沒選擇平靜的小步舞曲或輕柔的歌調，因為眼前的音樂並不是為了要娛樂，而是為了要掩飾，為了要轉移注意力，因此他們需要響亮的進行曲或舞曲，以最大的音量演奏。他們演奏時，那位義大利上校就在庭院裡走來走去，不斷命令樂手們演奏得大聲一點！大聲一點！「不僅僅是響亮，而是要極其響亮！鼓聲更大，銅管聲更大！」

法國號洪亮響起，鼓聲如雷震天。四名絃樂手則使盡全力摩擦琴絃，到最後持弓的手臂都在顫抖，但還是不夠大聲。面對著那棟有煙囪的建築物，他們的樂聲永遠不足以掩蓋裡頭所發生的恐怖狀況。

第一輛卡車開走了；第二輛駛入柵門，貨物重得把車軸都壓得下凹。車子顛簸地駛過庭院時，一部分貨物從後方的帆布掀蓋裡掉出來，隨著一個不祥的砰咚聲，落在卵石鋪的地面上。

羅倫佐往下看著那男人凹陷的頭骨，那赤裸的四肢，那枯瘦的皮肉。*用來燒火的木頭越來越多了。*法國號忽然停下，但鼓聲繼續轟響，史洛莫的節奏完全不受那具憔悴屍體的影響。絃樂手們也仍頑強地繼續演奏，但是羅倫佐的琴弓顫抖著，隨著他腳邊那具屍體帶來的驚嚇，他的手指麻痺，奏出的音符忽然走調。

「演奏！」上校用力拍了法國號樂手的後腦勺一下。「我命令你，*演奏！*」

卡羅嘗試地吹了幾聲，然後又控制住呼吸，現在他們又全都齊聲演奏了，但是仍不夠大聲，無法滿足上校。他踱步來去，再度反覆喊著「大聲點，大聲點，*再大聲點！*」羅倫佐琴弓更用力壓著琴絃，同時努力專注在樂譜上，但是那具死屍往上瞪著他，羅倫佐看得到那眼珠是綠色的。

兩名士兵跳下卡車，要去取回他們掉地的『貨物』。其中一個扔掉他抽到一半的香菸，用靴子踩熄，然後彎腰抓住那死去男人的兩邊腳踝。他的同伴則抓住兩隻手腕，兩人一起把那具屍首甩回卡車上，隨便得好像那只是一袋麵粉而已。對他們來說，一具死屍從車上滾下來根本沒什麼，甚至不值得為此稍微中斷談話。而且有這麼多同樣的卡車隆隆開進來，一天又一天，每一輛都載著這些可怕的貨物，他們為什麼要在意呢？一個砍過、鋸過無數屠體的屠夫只看到肉，不會想到面容可愛的小羊。就像每天運送屍體的士兵，看到的只是送去焚化爐的肉類燃料而已。

而在這一切發生之時，小小的聖撒巴管絃樂團仍持續演奏。伴隨著卡車轟響和狗群猛吠和遠處斷續的槍響聲。伴隨著爐中傳來的慘叫。最重要的，就是那些慘叫。他們演奏到那些慘叫聲終於逐漸消失，直到卡車卸光貨物開走，直到煙囪中冒出發臭的煙霧。他們演奏著，於是就不必去聽或想或感覺，專注於音樂，而且只有音樂。跟上拍子！節奏一致！我們沒走音嗎？別去想那棟建築物裡面發生什麼。眼睛看著樂譜、琴弓放在絃上就是了。

當這折磨人的一天結束時，當他們終於可以停止演奏時，他們都累得沒辦法從椅子上起身，只是放低樂器坐在那裡，垂著頭，直到警衛催他們站起來。然後他們無言地走回牢房。

他們的樂器已經代他們道盡一切，現在已經無話可說。

❖

在夜幕降臨之後，他們躺在自己的床鋪上，在半明半暗的光線中，這才開始聊起音樂。無論他們的話題偏離到哪裡，最後總是會回到音樂。

「我們今天演奏得不一致，」艾米力歐說。「我們算哪門子的音樂家，連要保持同樣的節奏都沒辦法？」

「設定節奏的應該是鼓聲。你們就是沒認真聽我敲，」史洛莫說。「你們應該要跟隨我的節奏才對。」

「法國號在耳邊吹得那麼響，我們哪有辦法聽到你的鼓聲？」

「所以現在我們沒辦法保持節奏一致，都是我的錯了？」卡羅說。

「除了你該死的法國號，我們什麼都聽不到。一天演奏下來，我們耳朵都聾掉了。」

「我完全照著樂譜吹奏。如果也有人在你們耳邊高聲命令『大聲點，大聲點，再大聲點』，可不能怪我。要是你們受不了，那就用破布塞住耳朵。」

晚上的談話總是圍繞著音樂，從來不談他們那天在庭院裡看到或聽到了什麼。從來不談那些卡車或上頭的貨物，或是煙囪冒出來那些難聞的煙。從來不談他們每天帶著樂器和譜架走出牢房的真正原因。你絕對不能去想那些事情。沒錯，最好把那些思緒阻絕在外，改去思考他們在第二樂章時不流暢的節奏，思考維多里歐為什麼老是搶拍子，思考他們為什麼非得要一再演奏煩人的〈藍色多瑙河〉？這類抱怨是一般人會在各個交響音樂廳或是爵士樂夜店裡聽到的。死神或許正在不遠處等著，但他們依然是音樂家。是音樂支撐著他們；也只有音樂才能防止恐懼接近他們。

但是在深夜，當每個人只能獨自思索時，恐懼總是悄悄襲來。當一號牢房又傳出一陣陣新的慘叫時，他們怎麼可能不恐懼呢？快，摀住你的耳朵。毯子拉起來蒙住頭，想想別的，什麼都行。

勞拉，等我。

羅倫佐的思緒老是回到這個主題：勞拉，她是他黑暗中的光亮。她的鮮明影像突然浮現腦海：勞拉坐在窗邊，頭彎向她的大提琴，陽光為她的頭髮鍍上一層金。她的琴弓滑過琴紘。那音符讓空氣發出嗡響，顫動的塵埃微粒有如星星圍繞著她的頭部。她拉著一首華爾滋，隨著節奏搖晃，大提琴有如愛人般緊偎著她的胸部。那是什麼旋律？他幾乎可以、但無法完全辨別。是一首小調樂曲。音符優美，一串漸強的琶音令人心碎。他竭力想聽清楚，但只聽到破碎的片段，中間穿插著慘叫。

他戰慄著醒來，夢境的最後餘響仍有如深愛的手臂般緊擁著他。他聽到早晨卡車的隆隆行駛聲，還有靴子砰砰走在庭院中。另一個黎明來臨了。

那音樂。勞拉在他夢中演奏的那首華爾滋是什麼？他忽然急著要趁完全遺忘之前寫下來，於是伸手到床墊底下摸索鉛筆和稿紙。牢房裡的光線不夠，他幾乎看不清自己寫在五線譜上頭的音符。他寫得很快，想趁著那些旋律消失之前全都寫下來。E小調的華爾滋。一串琶音上行到G。他寫出頭十六小節，放心地嘆了口氣。

是了，這就是基本的旋律，是整首華爾滋的基礎架構。不過還有其他細節，很多細節。

他寫得愈來愈快，最後鉛筆簡直是飛掠過紙上。旋律加快，音符交疊，最後五線譜上密密麻麻的筆跡。他翻到背面繼續寫，腦中仍可聽到音樂持續演奏，一個音符接一個音符，一個小節接一個小節。他狂熱地寫著，手都開始抽筋，而且脖子發痛。他沒注意到天光照進了鐵窗內。他沒聽到室友們翻身醒來時雙層床發出的咿呀聲。他只聽見那音樂，勞拉的音樂，令人傷心又興奮。其中四小節不太對勁；他擦掉後改了一下。現在只剩兩節空白的五線譜。這首華爾滋要怎麼結束？

他閉上眼睛，再次想像勞拉的身影。他看到她的頭髮被陽光照得發亮，形成一個光環。他看到她的琴弓暫停在琴絃上方片刻，接著又忽然以雙音奏法用力摩擦琴絃。稍早的狂熱旋律減緩為一種葬禮輓歌的緩慢和絃。收尾沒有戲劇化的裝飾樂段，沒有最後一輪的炫技。只有三個最後的音符，微弱而憂傷，逐漸退入沉寂。

他放下鉛筆。

「羅倫佐？」卡羅說。「你在寫什麼？那是什麼音樂？」

羅倫佐抬起眼睛，看到其他室友都盯著他瞧。「是一首華爾滋，」他說。「寫給垂死的人。」

茱麗亞

18

經過了剛剛聖馬可區的人群和噪音之後，法蘭切絲卡帶我進入這條窄街，四下安靜得讓我有些緊張。現在是深夜了，觀光客不太會冒險進入城堡區這個偏僻的角落，法蘭切絲卡的鑰匙在門鎖內轉動，那刺耳的摩擦聲似乎大得危險。我們走進一戶黑暗的公寓，我站在陰影裡不知所措，同時她迅速在房間內移動，把窗簾一一關上，讓街上完全不可能看到房間內。直到所有窗子都遮住了，她才敢打開一盞小燈。我本來以為這裡是她的住處，但是周圍看了一圈，看到屋裡那些褪色的織錦緞、蕾絲裝飾布、一個鑲著褶邊的燈罩。這不會是一般年輕小姐的裝飾品味。

「這裡是我祖母的公寓，」法蘭切絲卡解釋。「她這個星期去米蘭了。我們就在這裡等薩瓦托雷過來。」

「我們應該打電話報警。」我說，剛剛恐慌地在多爾索杜羅區狂奔時，我竟然一直還揹著我的皮包。這會兒我手伸進去，拿出手機，但她抓住我的手腕。

「不能報警。」她低聲說。

「我的朋友中槍了！我們一定要告訴警方才行！」

「我們不能相信他們。」她拿走我的手機，帶著我走向沙發。「拜託，安司德爾太太，請坐下。」

我坐在破舊的椅墊上。忽然間無法停止顫抖，於是雙臂環抱住自己。此時我來到安全的地方，才容許自己崩潰。我幾乎可以感覺到自己破裂、解體。「我不明白。我不明白他為什麼希望我死掉。」

「我想我可以解釋。」法蘭切絲卡說。

「你？但是你根本不認識我丈夫！」

她皺眉看著我。「你丈夫？」

「他派那個男人來找我。來殺我。」我擦掉臉上的淚水。「啊老天，這種事不可能真的發生吧。」

「不不不。這事情跟你丈夫一點關係都沒有。」她兩手抓住我的肩膀。「聽我說。拜託，聽好。」

我看著她的雙眼，眼神強烈得讓我簡直能感覺到雷射光的熱度。她在面對我的一張椅子坐下，一時之間沒開口，只是思索著接下來要講的話。她一頭柔亮的黑髮和彎彎的眉毛，看起來就像文藝復興時期的畫像。像是黑眼珠的聖母，有個秘密要分享。

「昨天下午，你把那張樂譜交給我之後，我打了幾個電話，」她說。「首先，我打給一個很熟的記者。他證實帕德洛內先生的確被謀殺了，同時他的古董店看起來是遭到搶劫。然後我打給羅馬一個認識的人，她在歐洲警察組織工作，那是歐盟的執法單位。才一個小時前，她回電告訴我一些令人非常不安的消息。她說雖然帕德洛內先生是在一場明顯的搶劫中遭到殺害，但那個搶劫非常奇怪。店裡的錢和珠寶都沒碰。他們發現唯一被翻過的，就是放著舊書和樂譜的幾個書架，但是沒人知道是不是有東西被拿走。然後她告訴我最驚人的細節：帕德洛內先生的死法。兩顆子彈，射進他的後腦。」

我瞪著她。「聽起來像是處決。」

法蘭切絲卡表情嚴肅地點頭。「就是同樣這批人想要殺你。」這句話講得那麼不帶感情，那種平靜的口氣就像是在講，這就是為什麼天空是藍的。

我搖搖頭。「不，不可能。為什麼有人會希望我死？」

「那首華爾滋。現在他們知道你是在那家店買的。他們知道你到處在打聽作曲者和音樂的來源。這就是為什麼帕德洛內先生被殺害，因為他想幫你查出答案。他跟錯誤的人談話，問了一些危險的問題。」

〈火焰〉。一切總是又回到那首華爾滋。

「你知道答案嗎？」我輕聲問。「那首音樂是哪裡來的？」

法蘭切絲卡深吸一口氣，彷彿她接下來要告訴我一個漫長而充滿艱難的故事。「我相信〈火焰〉確實是羅倫佐．托戴斯寇所寫的，他在達卡萊福爾諾街出生並長大，直到他被納粹親衛隊逮捕。當時被驅逐出威尼斯的猶太人有兩百四十六名，也有他父母、他妹妹和哥哥，他們一家人全都包括在內。托戴斯寇一家只有馬可活著回來。馬可大約十年前過世，但我們博物館的檔案裡有一份他受訪的逐字稿。他描述他們一家被逮捕那一夜，接著沒多久就被押解出境，火車載著他們到波蘭的一個死亡之營。他說在的里雅斯特時，他弟弟跟他們分開了，因為警衛確認羅倫佐是音樂家。」

「他因為這樣而被挑出來？」

「當時有幾個音樂家被挑出來留在聖撒巴碾米廠，又稱三三九戰俘營。一開始是用來當義大利囚犯的轉運營和拘留所。但是後來愈來愈多囚犯經過的里雅斯特，整個系統無法負荷，聖撒巴的功能就改變了。一九四四年，德國人在碾米廠裡建造了一個高效率的處理系統，好應付所有被處決的囚犯。」

「處理系統，」我喃喃說。「你指的是……」

「火化場。是由艾文．蘭伯特親自設計的，他就是波蘭那些毒氣室的設計師。幾千個政治犯、游擊隊員、猶太人在聖撒巴被處決。有些死於刑求。有些被槍斃或用毒氣，還有的用棒子毆打頭部致死。」接著她低聲補充：「死掉的還比較幸運。」

「你為什麼這麼說？」

「因為處決之後，下一站就是火化場。萬一子彈或毆打腦袋的棍棒或毒氣沒有殺死你，這表示你就會活活被送進焚化爐。」法蘭切絲卡暫停一下，這段沉默更加強了她接下來那些話的效果。「那些被活活焚燒的慘叫聲，整個營區都聽得見。」

我驚駭得說不出話來。接下來的我不想聽。我僵坐在那裡，注視著法蘭切絲卡的眼睛。

「那些慘叫據說太讓人心慌了，就連納粹指揮官都受不了。為了掩蓋那些慘叫，還有槍斃行刑隊的聲音，他下令在庭院內演奏音樂。他把這個任務交給一位義大利納粹親衛隊的軍官柯洛提上校。從很多方面來看，這是個合理的選擇。柯洛提自認有文化素養，是交響樂的熱誠愛好者，而且收集了不少冷僻的音樂。他成立了一個由囚犯組成的管絃樂團，由他親自挑選樂手、挑選要演奏的音樂。他們常演奏的作品中有一首華爾滋，是由其中一位囚犯音樂家所寫的。戰爭過後，在審判的證詞中，一名獄警描述那首華爾滋旋律難忘又美麗，有個惡魔般的收尾。那是柯洛提最喜歡的作品，他下令一遍又一遍演奏。對幾千個被迫走路去接受處決的囚犯來說，那首華爾滋就是他們聽到的最後一首音樂。」

「〈火焰〉。」

法蘭切絲卡點點頭。「火化場的火焰。」

我又開始發抖，感覺冷得牙齒都在打顫。法蘭切絲卡進入廚房，過了一會兒出來，手裡有一杯冒著蒸氣的茶。即使我喝著熱茶時，都無法擺脫那股寒意。現在我知道那首華爾滋真的會糾纏著你不放，有幾千個嚇壞的靈魂吸入最後一口氣時，就聽著這首音樂在演奏。這是一首陪伴人們死亡的華爾滋。

我花了好一會兒，才鼓起勇氣問下一個問題。「你知道羅倫佐．托戴斯寇後來怎麼樣了嗎？」

她點頭。「德國人逃走之前，把火化場炸掉了。不過他們留下了詳盡的資料，所以我們知道囚犯的名字和他們最終的命運。一九四四年十月，羅倫佐．托戴斯寇和樂團的其他樂手都被處決了。他們的屍體被扔進焚化爐裡。」

我沉默坐著，哀傷地垂著頭，為了羅倫佐，為了那些跟他一起死去的人，為了死於戰火的每一個人。我惋惜著所有沒能寫出來的音樂，那些傑作我們永遠沒有機會聽到了。他留給我們的唯一作品，就是一首華爾滋，成為他自己厄運的主題曲。

「所以現在我們知道〈火焰〉的歷史了。」我輕聲說。

「還不是全部。還有一個很迫切的問題。這張樂譜是怎麼從聖撒巴的死亡集中營一路來到帕德洛內的古董店？」

我抬頭看著她。「這很重要嗎？」

法蘭切絲卡身體前傾，雙眼灼亮。「你想想看。我們知道它不是來自那些樂手，他們都死了。所以一定是某個被逮捕前逃離的獄警，或是納粹親衛隊軍官拿走了。」她歪著頭看我，等著我把種種線索連起來。

「這張樂譜是從喬凡尼．卡博比昂柯的遺產裡收購來的。」

「沒錯！而且卡博比昂柯這個姓就像一個閃爍的紅燈。我拜託我那位在歐洲組織的朋友，請她去深入追查這位卡博比昂柯生前的背景。我們知道他是大約一九四六年來到卡斯佩里亞鎮，一直住在那裡，直到十四年前死去，享年九十四歲。鎮上沒人知道他是哪裡來的，而且據說他非常孤僻，絕口不提自己的私事。他和比他早死幾年的太太生了三個兒子。他過世後，那家人委託的遺產管理人把他大部分的東西都賣掉了，包括大量的音樂書和精美的樂器。大家知道卡博比昂柯是交響樂的熱誠愛好者，同時，他一九四六年相當神秘地突然出現在那個小鎮，而他之前的資訊我們完全查不到。」

收集音樂。喜歡交響樂。我瞪著法蘭切絲卡。「他是柯洛提上校。」

「我很確定是。柯洛提就像其他納粹親衛隊的軍官，在盟軍抵達之前就逃離聖撒巴。有關當局曾搜尋他，但是始終沒找到，無法將他繩之以法。我想他變成了卡博比昂柯先生，最後有個平靜的晚年，然後帶著他的秘密進墳墓裡。」她的聲音嚴厲而憤怒。「而且他們會窮盡一切可能，守住這個秘密。」

「他現在死了。他的秘密對其他人能有什麼影響？」

「啊，那個秘密嚴重影響了某些人。有權勢的人。這就是為什麼薩瓦托雷和我今天晚上去找你。我們是為了要警告你。」她從自己的皮包裡拿出一份義大利報紙，在茶几上攤開來。頭版是一個四十來歲英俊男子的照片，正在跟一群讚賞他的群眾握手。「這是義大利政壇竄起最快的明星之一，可望贏得下一次國會選舉。很多人預測他會是我們的下一任總理。多年來他的家族都在培養他登上大位，把所有希望都寄託在他身上，希望他能照顧家族企業的利益。他的名字是馬西莫．卡博比昂柯。」她看著我震驚的臉。「現在看來，他是一個戰犯的孫子。」

「但是犯下戰爭罪的不是他啊。是他的祖父。」

「那他知道他祖父的過去嗎？他的家族多年來一直在隱瞞嗎？真正的醜聞是：卡博比昂

柯家族、甚至馬西莫本人，對於真相揭露的威脅做出什麼反應？」她直視著我。「想想帕德洛內先生的謀殺。也許就是為了要避免這個家族的秘密曝光。」

這麼一來，那位老人的死就是我造成的。在我的請求下，帕德洛內先生去問卡博比昂柯家族，他們過世的老祖父怎麼會擁有這份由威尼斯的作曲家所創作、沒人聽說過的華爾滋樂譜。這個家族花了多久時間查出L．托戴斯寇是一名死在聖撒巴碾米廠的猶太人？查出光是這首音樂的存在、就能證明卡博比昂柯也待過同一個滅絕營？

「我相信這就是你們被攻擊的原因，」法蘭切絲卡說。「不知道怎麼回事，反正卡博比昂柯家族得知你在這裡，在威尼斯。」

「因為我告訴他們了。」我低聲說。

「什麼？」

「我曾拜託旅館職員幫我打電話給卡博比昂柯家族，詢問有關這首樂曲的事情。我還留了我的姓名和聯絡資料。」

法蘭切絲卡煩惱地搔著頭。「現在就更得把你藏起來了。」

「但是樂譜現在交給你了。原稿在你手上。他們沒有理由來找我啊。」

「有，他們有理由。你是證人。你可以作證說你是從帕德洛內先生手中買下這份樂譜的。安娜·瑪麗亞的信件也清楚指出，帕德洛內先生是從卡博比昂柯的遺產中買下這份樂譜。要把證物直接連到那個家族，你是證據鍊裡頭最重要的一環。」她湊近我，表情嚴厲。「安司德爾太太，我是猶太人，薩瓦托雷也是。這個城市裡的猶太人非常少，但是他們靈魂都還在這裡，圍繞在我們周圍。現在我們可以讓其中一個靈魂安息了，這靈魂的名字就叫羅倫佐·托戴斯寇。」

有人敲門，我驚恐得全身緊繃起來。「我們該怎麼辦？」我低聲問。

「趴下，壓低身子。」法蘭切絲卡關掉燈，讓我們全部陷入黑暗中。我趴伏在地板上，感覺自己的心臟貼著地板跳得好厲害，同時法蘭切絲卡悄悄在陰影中移動。到了門邊，她用義大利語朝外喊。一個男人回答了。

她吐出一口解脫的大氣，開門讓對方進來，等到燈又打開時，我看到薩瓦托雷。我也從他緊張的臉上看到，我不是唯一嚇壞的人。他急急跟法蘭切絲卡說了些話，法蘭切絲卡翻譯給我聽。

「他說你的旅館外有三個人中槍，」她告訴我。「一個男人死了，但是你的朋友還活著，已經送去醫院了。」

我想著那兩個不幸的男子，我本來應該要被謀殺的，但是他們剛好走出旅館，干擾了凶手的行動。我想著葛爾達，現在可能正在為生存奮戰。

「我得打電話去醫院。」

法蘭切絲卡再度阻止了我。「這樣不安全。」

「我要知道我的朋友是不是沒事！」

「你要躲著。要是你出了什麼事，要是你不能作證對付他們，我們的證據鍊就斷了。這就是為什麼薩瓦托雷提出這個辦法。」

他手伸進他帶來的背包裡。我希望裡頭有把槍，有個可以防身的武器。但結果他拿出一台攝影機和一個三腳架，在我面前架好。

「我們得把你的供述錄影下來，」法蘭切絲卡說。「萬一你發生了什麼事情，至少我們就會有……」她停下來，意識到這些話聽起來一定很冷血。

我幫她講完。「至少你們的攝影機裡就會有我的證詞。」

「請你了解，對於一個非常有權勢的家族來說，你是一個威脅。我們必須為各種可能性做好準備。」

「是的，我了解。」我了解這至少是個反擊的方法。面對著一個不明的威脅，我已經無助地亂揮手臂太久了。現在我知道敵人是誰，而且有擊敗他們的力量。這個任務只有我能完成。想到這裡，我冷靜下來，深吸一口氣。我坐直身子，直視著攝影機。「我應該說什麼？」

「不妨就從你的姓名和住址開始吧？介紹你是誰，還有你是如何會跟帕德洛內先生買下那份樂譜。告訴我們關於他孫女寫信給你的事情。告訴我們一切。」

一切。我想著他們之前沒聽到過的。有關這首樂曲如何改變我女兒，搞得我現在很怕她。有關那個想把我關進精神病院的精神科醫師。有關我的丈夫，他認為我神經失常了，因為我相信〈火焰〉為我們的家帶來邪惡。不，這些事情我不會告訴他們，即使都是真的。邪惡的確緊緊黏著〈火焰〉，侵入我的家，偷走我的女兒。我能反擊的唯一方式，就是揭露它過往的可怕歷史。

「我準備好了。」我告訴他們。

薩瓦托雷按下錄影鈕。攝影機上亮起一個小小的紅燈，像是惡意的眼睛。

我冷靜而清晰地說：「我名叫茱麗亞．安司德爾。我三十三歲，已婚，丈夫名叫羅柏．安司德爾。我們住在麻州布魯克萊希斯路四一二二號。六月二十一日，我在羅馬拜訪了一位帕德洛內先生的古董店，買下一份手寫的樂曲原稿，標題是〈火焰〉，作曲者名叫L．托戴斯寇……」

攝影機的那隻紅眼睛開始閃爍。當薩瓦托雷開始找新電池時，我繼續講。有關我追查羅倫佐的身分。有關我得知帕德洛內先生的死訊。有關……

19

我聽到自己吃力的呼吸聲，聞到自己恐懼的氣味。我正沿著一條黑暗的巷子往前奔跑。我不記得發生了什麼事，也不記得自己是怎麼逃出那戶公寓的：我不記得法蘭切絲卡或薩瓦托雷變成什麼樣了。我記得的最後一件事，就是坐在攝影機前，電池快沒電的紅色燈閃爍著。一定發生了什麼可怕的事情，害我的左手臂割傷流血，而且害我腦袋抽痛得好厲害。我迷失在一個我不認識的地帶。

而且有人跟著我。

從前方某處傳來砰砰音樂聲，原始的、節奏強烈的。有音樂之處，就有我可以躲藏的人群。我繞過轉角，看到一家熱鬧的夜店，很多人站在店外的雞尾酒桌旁。但即使在這裡，我也很容易被看見。追捕我的人可以輕易朝我背部開一槍就消失，完全沒人看見。

我在人群中推擠往前，不小心撞倒一個女人的飲料，聽到她憤怒地突然尖叫一聲。玻璃杯摔破在卵石街道上，但是我繼續往前跑。我穿過一個繁忙的廣場，暫停下來回頭看一眼。人太多了，所以我一開始還不確定是否擺脫了跟蹤者。然後我看到一個深色頭髮的男子大步走向我，堅定得有如機器人，不可阻擋。

我又趕緊往前衝，繞過一個轉角，看到一個聖馬可廣場的指示牌，往左。在威尼斯，聖馬可廣場是尋歡作樂的中心，即使深夜也還是人很多。他一定預料我會往那裡跑。

我往右轉，鑽進一處門洞裡。我聽到腳步聲砰砰繞過轉角，逐漸遠去，朝向聖馬可廣場。

我從門洞裡朝外窺看，看到巷子裡面現在空無一人。

二十分鐘後，我找到一處沒鎖上的柵門，於是溜進去。那是一個私人花園，裡頭處處陰影，有玫瑰和百里香的芬芳。樓上窗子照下來的光夠亮，足以讓我看清自己襯衫上的血漬。我的左臂縱橫交錯著一道道割傷。是飛濺的碎玻璃造成的？有一場爆炸？我不記得了。

我想回到那戶公寓，看法蘭切絲卡和薩瓦托雷是不是還活著，同時也想拿回我的皮包，但是我知道那裡不安全。我也不敢回旅館，之前葛爾達在那邊中槍了。我沒有行李，沒有皮包，沒有信用卡，沒有手機。我瘋狂地搜尋自己的口袋要找現金，但只找到幾個硬幣和一張五十歐元的鈔票。

這就夠了。

我花了一個小時，緩慢地穿過幾條小巷、衝過幾條橋，才終於來到威尼斯的聖路琪亞火車總站。我不敢進入車站裡面，因為卡博比昂柯家族的人應該預料到我會去這類地方。反之，我溜進那附近眾多網路咖啡店的其中一家，用掉一些寶貴的現金，買了一小時的使用時間。現在已經過了午夜十二點，不過這家店裡還是充滿了背包客型的顧客，對著電腦鍵盤敲敲打打。我在遠離窗子的一台電腦前坐下，登入我的電子郵件帳戶，搜尋歐洲警察組織的網站，想查聯絡資訊。我沒找到可以直接跟他們調查單位聯繫的電子郵件網址，於是就把我的訊息寄給他們的媒體辦公室。

> 我名叫茱麗亞・安司德爾。我有關於史代發諾・帕德洛內謀殺案的關鍵資訊，他幾個星期前在羅馬中槍身亡……

我寫下我所記得有關〈火焰〉和羅倫佐・托戴斯寇和卡博比昂柯家族的每一個細節。我告訴他們，我的朋友葛爾達在我們的旅館外被開槍射中，還有法蘭切絲卡和薩瓦托雷可能已經死了。歐洲警察組織會把我當成發瘋的陰謀論者而不予理會嗎？或者他們會明白我真的身處危險中，需要他們立即的救援？

等到我打完字，已經用掉四十五分鐘，我很激動，但是也累得沒力氣了。我已經沒辦法再多做什麼，只能按下傳送鍵，並期望有最好的結果。我也把副本寄給威尼斯的猶太博物館、薇兒姑媽、羅柏。要是我最後被謀殺，至少他們會曉得是為什麼。

郵件「咻」的一聲發了出去。

還剩十五分鐘的電腦使用時間，於是我打開自己的收件匣，發現裡面有五封羅柏寄來的電子郵件，最後一封是兩個小時前才發出的。

我非常擔心你。葛爾達都沒回我的電話，所以拜託讓我知道你們沒事。打個電話、傳個簡訊，什麼都好。無論我們有什麼問題，我保證我們可以解決的。我愛你，我永遠不會放棄你。

我凝視著他的信，好想相信他，想得不得了。

電腦上開始出現倒數計時的小視窗。只剩三分鐘的網路使用時間了。

我開始打字。

我好害怕，我需要你。你還記得我跟你說我懷孕的那天嗎？我會在那裡。同樣的時間，同樣的地點。別告訴任何人。

我按了傳送鍵。

電腦使用時間只剩下最後三十秒時，一封新郵件忽然出現在我的收件匣內。是羅柏寄來的，裡頭只有幾個字。

已經上路了。

❖

威尼斯這個城市是個完美的躲藏之地。蜂巢般交錯著無數狹窄的街道，擠滿了來自世界各地的遊客，在人群中很容易就會失去蹤影。我在一處拱道裡躲了一夜，等到天亮，當街道又開始熱鬧起來才離開。我找到一個市場買了麵包、水果、乳酪，外加一杯迫切需要的咖啡。就這樣，五十歐元所剩下的部分也都花光了，現在我身無分文。我沒有什麼可以做的了，只能繼續躲好、保住性命，等羅柏來找我。我知道他一定會來的，即使只是因為他不喜歡沒完成的方程式。

這個白天我都努力躲著。我避開火車站和水上巴士的碼頭，因為追捕我的人一定都會去這類地方找我。反之，我在卡納雷吉歐區外緣一個外觀簡樸的教堂裡找到了庇護。聖阿維塞教堂的正面樸素而不起眼，但內部則有如寶石般充滿溼壁畫和油畫。同時裡面涼爽又安靜，只有兩個女人坐在裡面，垂著頭在沉思。我坐在一張教堂長椅上，等著時間過去。我好想查出葛爾達是不是還活著，但是我害怕在醫院露臉。我也害怕接近猶太博物館，而且法蘭切絲卡跟我說過，就連警察也不能信任。我只能靠自己了。

那兩個女人離開了，接著又有人三三兩兩進來祈禱或點蠟燭。沒有一個是遊客或觀光客；聖阿維塞教堂太偏僻了。

下午四點，我終於從庇護所裡走出來。午後的陽光是如此耀眼，我走向里阿爾托橋時，覺得自己毫無遮蔽，好難受。人群更擁擠了。天氣悶熱得人人似乎都處於慢動作狀態，像走在糖漿裡。四年前，在一個跟今天同樣熱的午後，我告訴羅柏一個好消息：在盼望許久之後，我們就要有寶寶了。當時我們走了好幾個小時，在穿過里阿爾托橋的半途，我忽然筋疲力盡得再也走不動，不得不停下來喘口氣。

你不舒服嗎？

不。但是我想我懷孕了。

那是少有的全然幸福的時刻，我記得每一個細節。運河升起的鹹鹹氣息。他嘴唇吻上我的滋味。那段回憶只有另一個人與我共享。只有他曉得我會在哪裡等待。

我加入上橋的擁擠觀光客，迅速被那些有如變形蟲的人群淹沒。走到一半，我停在一個小販的推車前，他攤子上陳列著威尼斯玻璃所製造的小首飾，於是我打量著一排排項鍊和耳環。我逗留得太久了，那小販以為可以做成生意，即使我一直告訴他我只是看看而已。後來他的女助手也加入，很大聲地要打折賣我，聲音刺耳得引起不少人注目。我趕緊離開，但她喊得更大聲，很不高興她的顧客要溜掉。

「茱麗亞，」一個聲音在我身後說。

我轉身看到他，沒刮鬍子又衣服皺巴巴。他看起來好像幾天沒睡了，等到他張開雙臂擁住我，我可以嗅到他的恐懼，爛熟得有如汗水。

「沒關係，」他喃喃說。「現在我會帶你回家，一切都會沒事的。」

「我不能就這樣上飛機，羅柏。那不安全。」

「當然很安全啊。」

「你不曉得發生的一切。他們想殺我！」

「這就是為什麼這些人來這裡要保護你。他們會保證你的安全。你只是必須信任他們。」

他們？

此時我才看到兩個男人朝我們接近。我沒辦法跑，無路可逃。羅柏雙臂緊抱著我，擁在他懷裡。

「茱麗亞，親愛的，我這麼做是為了你，」他說，「為了我們。」

我努力想掙脫，但即使我朝他又抓又打，羅柏還是緊抱著我不放，用力得讓我覺得自己的所有生命跡象都會被他搾出來。我看到一道閃光驟現，亮得像是一千個太陽，然後什麼都沒了。

20

隔著朦朧的霧氣，我只能勉強看到一個女人的圖像。她穿著飄逸的藍色長袍，雙眼往上看，緊握的雙手朝向天堂。那是某個聖人的畫像，但是我不曉得她的名字。這個房間裡的牆壁都是白的，床單都是白的，窗簾也都是白的，牆上的這幅畫是我所看到唯一的色彩。隔著關上的門，我聽到講義大利語的人聲，還有一台手推車沿著走廊往前的嘎吱聲。

我不記得自己是怎麼來到這裡的，但我很清楚這是什麼地方。是醫院。葡萄糖溶液從一個靜脈注射袋內往下滴入盤繞的輸液管，進入我的左手。床邊有個托盤放著一壺水，另外我的手腕上套著一個塑膠的身分手環，貼著我的名字和出生日期。手環上沒說我是在哪個病房區，但我想是某家義大利的精神病院，我連跟醫師溝通都沒辦法。不曉得美國和義大利之間是不是有什麼精神病患的引渡協議，就像引渡犯人那樣。義大利會讓我回家嗎？或者我注定要永遠瞪著牆上的那個藍袍聖人？

我聽到走廊傳來的腳步聲，趕緊在床上坐直身子，看著門打開，羅柏走進來。但我瞪著看的不是他，而是他旁邊的女人。

「你覺得怎麼樣?」她問。

我困惑地搖頭。「你在這裡。你還活著。」

法蘭切絲卡點點頭。「薩瓦托雷和我本來好擔心你!你跑出公寓後,我們到處都找遍了,找了一整夜。」

「我跑了?但是我以為……」

「你不記得了?」

我的腦袋抽痛,於是按摩著太陽穴,同時努力想找回昨夜的任何記憶。幾個畫面飛掠過腦海。一條黑暗的小巷。一道花園柵門。然後我想起自己染了血的襯衫,低頭看著左手臂上包紮了繃帶的割傷。「我是怎麼會有這些割傷的?是不是有一場爆炸?」

她搖搖頭。「沒有爆炸。」

羅柏過來坐在床緣,握住我一隻手。「茱麗亞,有個東西你必須看一下,會解釋你手臂上的割傷,也會解釋過去幾個星期發生在你身上的事情。」他看著法蘭切絲卡。「把影片給她看吧。」

「什麼影片?」我問。

「你昨夜錄的那段影片,在我祖母家的公寓。」法蘭切絲卡從她帶來的電腦包裡拿出一台筆記型電腦。她把螢幕轉向我，開始播放影片。我看到自己的臉，聽到自己的聲音。

「我名叫茱麗亞・安司德爾。我三十三歲，已婚，丈夫名叫羅柏・安司德爾。我們住在麻州布魯克萊希斯路四一二二號……」

螢幕上的我看起來非常緊張，頭髮凌亂，一直往旁邊看著鏡頭外的兩個人。但是當我解釋〈火焰〉的故事時，並沒有結結巴巴。我說起我如何從帕德洛內先生的店裡買來樂譜。如何來到威尼斯要尋找答案。葛爾達和我又如何在旅館外遭到攻擊。

「我發誓我剛剛講的一切都是真的。要是我出了什麼事，至少你們會知道……」

此時筆電上我的臉忽然變得木然。一段沉默過去了。

在影片上，螢幕外的法蘭切絲卡說：「茱麗亞，怎麼了？」她進入畫面，拍拍我的肩膀，然後抓著我輕輕搖一下。我沒有反應。她皺眉用義大利語跟薩瓦托雷說了些話。

攝影機還在錄影，我像個機器人似的站起來，走出畫面。法蘭切絲卡和薩瓦托雷喊我。有個響亮的砰砰聲，接著是玻璃破掉的聲音，然後法蘭切絲卡擔心地大喊：「你要去哪裡？回來！」

法蘭切絲卡暫停影片，我在螢幕上只看到我稍早坐過的那張空椅子。「你打破了一扇窗子，然後跑出去，」她說。「我們打電話給博物館的同事幫忙找，但是都找不到你。所以我們就用你的手機，放在你皮包裡那個，打電話給你丈夫。結果他已經在波士頓機場，正等著要搭上一架飛威尼斯的班機。」

「我不明白，」我輕聲說，注視著筆電螢幕。「我為什麼會那樣做？我到底有什麼毛病？」

「親愛的，我想我們知道答案。」羅柏說。「你幾個小時前送來醫院時都沒有反應，好像處於木僵狀態。醫師們就幫你做了緊急腦部掃描，才明白了問題在哪裡。他們很有信心是良性的，而且可以移除，不過你需要動手術。」

「手術？為什麼？」

他緊握一下我的手，低聲說：「你有一個腦瘤，壓迫到你的顳葉。這解釋了你的頭痛、你的記憶中會出現一段空白。這個腦瘤可以解釋過去幾個星期所發生的一切。你還記得莉莉的神經內科醫師曾告訴我們有關顳葉的癲癇發作嗎？他說病人看起來可能像是在做高度複雜的行為。在發作期間，病人可以走路、談話，甚至開車。是你殺死朱尼珀。是你用破玻璃刺自己。只不過你不記得做過這些事。等到你醒來，還以為你聽到莉莉重複講著傷害媽咪、傷害媽咪（*hurt Mommy, hurt Mommy.*）。但是她講的其實不是那樣。我想她真正說的是：媽咪好痛。媽咪好痛。（*Mommy hurt. Mommy hurt.*）當時她是在替你擔心。想要安慰你。」

我的喉嚨發緊，忽然間解脫地哭了起來。我女兒愛我。我女兒一直愛著我。

「你所經歷的每件事，」羅柏說，「用癲癇發作、用腫瘤都可以解釋。」

「不是每件事，」法蘭切絲卡說。「另外還有關於〈火焰〉的問題，以及它的來源。」

我搖搖頭。「啊老天，我被搞得腦袋好糊塗，再也不曉得什麼是真實、什麼是想像的了。」

「想要殺你的那個男人，不是你想像出來的。就是開槍射中你朋友的那個男人。」

我看著羅柏。「葛爾達——」

「她會沒事的。她已經動過手術，正在復原中。」他說。

「所以那部分是真實的？那場槍擊？」

「真實得就像現在守在你門外的那兩個警衛，」法蘭切絲卡說。「歐洲刑警組織正在調查，如果我們對卡博比昂柯家族的懷疑是事實……」她微笑。「你就是擊垮了本來可能成為我們下一任總理的人。恭喜。我博物館的同事們都認為你是英雄。」

這場勝利我幾乎沒有心情慶祝，因為我正在想著一個更親近許多的敵人，就是我腦子裡潛伏的腫瘤。這個敵人扭曲了我的現實感，讓我害怕我最愛的人。我想到過去幾星期我有多常按摩自己的太陽穴，想要緩解頭痛，渾然不知裡面有個腫瘤正在成長、壯大。這個敵人還是有可能擊敗我。

但是在這場戰役中，我已經不再孤單，因為羅柏陪在我身旁。他一直都陪在我身旁，即使我原先並不知道。

法蘭切絲卡收起她的筆電。「好吧，現在我還有工作要做。要準備一些聲明，要把一些文件歸檔。另外，我們會徹底搜尋各個檔案庫，找出托戴斯寇一家的所有資料。」她朝我微笑。「而你也有一個任務。」

「是嗎？」

「你得好起來，安司德爾太太。我們還得靠你呢。當初是你帶領我們走上這條路的。往後，〈火焰〉這個故事也得由你來說。」

21

八年後

在達卡萊福爾諾街，羅倫佐和他家人住過的十一號外頭出現了一面新的紀念牌。上頭用義大利文刻了簡單的文字：「作曲家兼小提琴家羅倫佐．托戴斯寇曾居住於此，他在一九四四年十月死於聖撒巴碾米廠的死亡集中營。」上頭沒提到〈火焰〉或羅倫佐的家人，或他最後幾個月在聖撒巴的周遭狀況，但是也不必提。今夜，有關他一生的新紀錄片將會首度公開放映。很快地，威尼斯的每個人都會知道他的故事了。

他們也會知道我的故事，因為我是發現〈火焰〉的人，而且今夜，在這部紀錄片的威尼斯首映會上，我們的絃樂四重奏樂團將會表演這首樂曲。雖然羅倫佐的屍體早已被聖撒巴火化場的火焰燒掉，但他的作品依然具有改變人生的力量。它扳倒了本來可能成為義大利總理的那個男人。它警告我有一顆腦膜瘤在我腦中生長。而今夜，它吸引了世界各國的人士聚集在威尼斯大學的禮堂，來觀賞《火焰》這部紀錄片，並聆聽當初啟發這部紀錄片的華爾滋。

在後台，儘管觀眾的嘈雜聲隔著緊閉的舞台布幕傳來，我卻覺得異常冷靜。今晚整個禮堂滿座，葛爾達興奮得手指不斷輕敲著她那把小提琴的背板。我聽得到我們的大提琴手站在我身後，緊張地整理著她的黑色塔夫綢裙子。

布幕升起，我們走到舞台上，各自就座。

在舞台燈光的炫目亮光中，我看不到觀眾，但是當我舉起琴弓湊向小提琴，我知道羅柏和莉莉和薇兒都從第三排中間的位置看著我。我再也不怕這首樂曲了，它一度會激起我腦中雷電交加的風暴。沒錯，它背後有一段難忘的歷史，死亡跟著它從上個世紀來到這個世紀，但是樂曲本身沒有詛咒，也不會帶來不幸。到頭來，它只是一首華爾滋，當年羅倫佐．托戴斯寇曾奏出相同的音符，如今只是延遲許久的回音，而且樂曲非常美。我很好奇羅倫佐是否能聽到我們演奏。從我們的琴絃飛出的那些音符，是否能穿越不同的時空，找到他如今置身的地方？如果他能聽到我們的演奏，那麼他就會知道他沒有被遺忘。而說到底，這就是我們所有人期望的：永遠不被遺忘。

我們來到最後一個小節。最後一個音符是葛爾達負責的，高亢甜美又令人心碎，像是對著天堂拋出的飛吻。觀眾震驚而沉默地坐在那裡，彷彿沒有人想破壞那一刻的聖潔。等到掌聲出現時，有如雷鳴般響亮。你聽到這個掌聲了嗎，羅倫佐？遲來了七十年，但全都是給你的。

之後，在休息室裡，我們四個很高興地發現一個冰桶裡有一瓶義大利普羅賽克氣泡酒。葛爾達開了瓶，我們舉杯敬今晚的表演，笛形香檳杯碰撞，發出音樂般的叮咚聲。

「我們的演奏從來沒有這麼精采過！」葛爾達說。「下一站，倫敦首映會！」

又一次酒杯叮咚碰撞，又一輪沾沾自喜的笑聲。在這個向羅倫佐．托戴斯寇一生致敬的夜晚，如此輕鬆愉快似乎不太應該，而這只不過是夜間慶祝活動的序曲而已。正當我們在收拾各自的樂器之時，製片方的派對已經在外頭的庭院裡展開，大家在星空下用餐、跳舞。葛爾達和其他人都急著要加入慶祝會，紛紛離開休息室，沿著走廊朝向禮堂出口。

我正要跟著他們走出去時，身後一個聲音喊我：「安司德爾太太？」

我轉身，看到一個六十來歲的女人，一頭黑髮夾雜著銀絲，眼神嚴肅。「我是茱麗亞．安司德爾，」我回答。「有什麼我可以效勞的嗎？」

「我昨天在報上看到你的專訪，」那女人說。「有關〈火焰〉和托戴斯寇一家的那篇。」

「是的？」

「有一部分的故事在那篇報導裡沒提到。托戴斯寇一家現在全都死了，所以你也不可能聽說過。但是我想你可能會想知道。」

我皺眉看著她。「是有關羅倫佐的嗎？」

「在某種程度上算是吧。不過其實是有關一個名叫勞拉．拔波尼的年輕女子，還有她的經歷。」

我的訪客名叫克蕾曼提娜，生於威尼斯，在當地一所中學當英文老師，所以她英語才會講得那麼流利。葛爾達和其他人都已經離開禮堂去參加派對了，於是休息室裡只有克蕾曼提娜和我，我們坐在一張凹凸不平且褪色的沙發上。克蕾曼提娜告訴我，這個故事是她阿姨生前告訴她的。她阿姨曾經在一戶人家裡當管家，雇主是一位傑出的音樂學家拔波尼教授，當年在威尼斯大學任教。教授是鰥夫，有一個女兒，名叫勞拉。

「我阿姨阿爾妲告訴我，這個女孩長得很美又有才華。而且勇敢無畏，」克蕾曼提娜說。「勞拉很小的時候，有回爬上一張椅子，想看爐子上有什麼在冒泡。那鍋子傾倒，她兩隻手臂被嚴重燙傷，留下了很可怕的疤痕。但是她從來沒有試圖遮掩那些疤，而是勇敢地展露給全世界看。」

「你剛剛說，你的故事跟羅倫佐有關。」我提醒她。

「是的，而我的兩個故事就在這裡合而為一，」克蕾曼提娜說。「因為勞拉和羅倫佐。你知道，他們彼此相愛。」

我身子前傾，因為這個新發現而興奮起來。直到目前，我一直只專注在羅倫佐悲劇性的結局。但眼前這個細節不是關於他的死，而是關於他活著的時候。「我不知道勞拉．拔波尼這個人。她和羅倫佐是怎麼認識的？」

克蕾曼提娜露出微笑。「是因為音樂，安司德爾太太。全都是從音樂開始。」是小提琴和大提琴的二重奏，交融得完美和諧，她解釋。每個星期三，勞拉和羅倫佐會在勞拉位於多爾索杜羅區的家中碰面練習二重奏，準備在威尼斯大學一個很有名望的比賽中表演。我想像他們兩人，深色眼珠的羅倫佐和金髮的勞拉，單獨相處一個小時又一個小時，努力要練熟那件作品。他們要一起練習多少次，才終於把盯著譜架的雙眼抬起來，眼中只有彼此呢？

當他們熱戀時，可曾明白圍繞著自己的世界正在逐漸崩塌呢？

「納粹親衛隊佔領威尼斯之後，勞拉想要救他，」克蕾曼提娜告訴我。「她和她父親想盡一切辦法，冒著很大的危險，要幫托戴斯寇一家。拔波尼家是信仰天主教的，但談到人的心，信仰哪個教有什麼差別呢？對勞拉當然也沒差別，她愛他。但是到最後，她也救不了羅倫佐和他的家人。他們被遣送出境時，她也在場。她看著他們走向火車站。那是她最後一次見到他。」

「她後來怎麼樣了？」

「我阿姨說，那個可憐的女孩從不放棄希望，一心盼著羅倫佐會回來找她。她把他從火車上寄來的信讀了又讀。他寫說他們一家很好，說他相信集中營不會那麼糟糕。他保證會回到家鄉找她，只要她願意等他。接著好幾個月，她的確一直在等，但是再也沒有接到羅倫佐的消息了。」

「所以她完全不曉得他發生了什麼事。」

「她怎麼可能曉得？火車上寄來的那封信就足以給她希望，因為她相信他頂多就是被送去集中營而已。這就是為什麼納粹鼓勵那些火車上的囚犯寫信，向自己的朋友保證他們都很好。在家鄉這裡，沒有人疑心火車會載他們到哪裡。沒有人能想像他們是要去波蘭，在那裡都會被……」克蕾曼提娜的聲音愈來愈小。

「勞拉後來知道他發生了什麼事嗎？」

「不知道。」

「但是她一直在等他不是嗎？等到戰爭結束，她去查過他的下落？」

克蕾曼提娜哀傷地搖了一下頭。

我往後靠坐在沙發上，很失望。我本來期待這會是一個摯愛的故事，關於一對戀人雖然被戰火拆散，但始終對彼此忠貞不渝。但是勞拉．拔波尼沒有信守承諾等著羅倫佐回來。畢竟，這不是我想聽到的那種永恆之愛的故事。

「好吧，你剛剛提到過她長得很美，」我說。「我相信一定有另一個男人適合她。」

「沒有別人。對勞拉沒有。」

「她始終沒結婚？」

克蕾曼提娜目光掠過我，眼神沒有焦點，彷彿我根本不在那個房間裡，而她是在跟另外一個我看不見的人講話。「事情發生在一九四四年五月。托戴斯寇一家離開的五個月後，」她輕聲說。「全世界都陷入戰爭，歐洲到處都有死亡和悲劇。不過那是美麗的春天，我阿姨告訴我。大自然的四季不在乎有多少屍體躺在田野裡腐爛；春天的花朵照樣盛開。

「我的阿爾妲阿姨說，某個深夜，有一家人出現在拔波尼教授家的門前。那是一對夫婦，帶著兩個年幼的兒子。他們是猶太人，在一個鄰居家裡的閣樓躲了好幾個月，但是納粹親衛隊抓得愈來愈緊，他們想逃去瑞士。他們聽說教授很有同情心，問他能不能收留他們一家，只要一夜就好？我的阿爾妲阿姨警告教授，說收留這家人太危險了。納粹親衛隊已經曉得教授的政治傾向，有可能會突襲他家。她知道收留這家猶太人，可能會為教授家帶來災禍。」

「他聽了你阿姨的話嗎？」

「沒有。因為勞拉——勇敢、倔強的勞拉——不肯拒絕那家人。她說，如果就在那一刻，羅倫佐也站在某個陌生人家的門口，同樣懇求庇護呢？她想到他被拒絕就受不了。所以她說服父親收留那家人過一夜。」

我擔心得雙手發冷。

「第二天早晨，我的阿爾妲阿姨出門去市場，」克蕾曼提娜繼續說。「她回到教授家時，發現納粹親衛隊突襲過那棟房子，踢開一扇扇房門，毀壞家具。而窩藏了猶太人的拔波尼父女遭逮補，然後……」她暫停，彷彿不忍心繼續講下去。

「他們怎麼了？」

克蕾曼提娜深吸一口氣。「拔波尼教授和他女兒被拖出房子。就在門前的運河邊，他們被迫跪在街上，好讓大家看看你膽敢窩藏猶太人會有什麼下場。他們被當場處決了。」

我說不出話來，連呼吸都沒辦法。我垂下頭，為一個未曾謀面的年輕女人流淚，然後我擦掉淚水。在勞拉．拔波尼被處決的那個春日，羅倫佐還活著。他在聖撒巴一直活到那年秋天，而當他被處決時，他深愛的那個女孩已經死去好幾個月了。儘管他不可能曉得她已經離世，但他可曾感覺到她的死亡？當她的靈魂脫離肉身時，他可曾在夢裡聽到她的聲音、感覺到她低語的氣息拂過他的皮膚？當他走向自己的處決場時，可曾因為心知自己正走向勞拉、因而得到安慰？她曾承諾要等著他，而的確，她將會站在死亡的那一頭，等著迎接他了。

這是我願意相信的。

「現在你知道故事的其他部分了，」克蕾曼提娜說。「勞拉的故事。」

「我本來對她一無所知。」我深吸一口氣。「謝謝你。要不是你告訴我，我根本不會曉得有她這麼一個人。」

「我會告訴你，是因為這個很重要，我們不光要記得被害人，也應該要記得那些英雄，你不認為嗎，安司德爾太太？」她站起來。「很高興認識你。」

「媽咪，原來你在這裡！」我十一歲的女兒跑進休息室。莉莉紮成辮子的頭髮散逸出來，一縷縷飛飄的金髮圈著她的臉。「爹地到處在找你。你趕快來外頭加入我們吧？派對已經在院子裡開始了，每個人都在跳舞。你該去聽聽葛爾達在拉奏什麼，是瘋狂的克里茲莫音樂③！」

我站起來。「馬上來，親愛的。」

「這位是你女兒？」克蕾曼提娜問。

「對，她是莉莉。」

他們禮貌地握手，克蕾曼提娜問她：「你也跟你母親一樣是音樂家嗎？」

莉莉滿臉笑容。「我希望有一天是。」

「她已經是了，」我驕傲地說。「莉莉的耳朵比我好太多了，而且她現在才十一歲。你應該聽聽她演奏。」

「你拉小提琴嗎？」

「不是，」莉莉說。「我拉大提琴。」

「大提琴，」克蕾曼提娜輕聲說，注視著我的女兒。雖然她的嘴巴在微笑，但是雙眼裡有憂傷，彷彿她注視的是某個曾經認識的人，某個早已從這片土地消失的人。「很高興認識你，莉莉，」她說。「有一天，我希望能聽到你演奏。」

我女兒和我走出禮堂，進入柔和的夏日夜晚。莉莉不光是走路而已，而是在我身旁半跳著舞，像個金髮小仙女，她穿著涼鞋和碎花棉布裙，蹦跳著走過卵石地面。我們穿過庭院，經過一群群以義大利語聊天又大笑的大學生，經過一個石砌噴泉，水花飛濺出自己的甜美旋律。天空有鴿子俯衝下來，在暮色中像是白翼的天使，我聞到玫瑰和海洋的氣味。

我們前方有一把小提琴奏出克里茲莫音樂。那是一首快樂、喧鬧的樂曲，讓我想要跳舞、想要拍手。

想要活著。

「你聽到沒，媽咪？」莉莉拖著我往前。「來吧，你要錯過派對了！」

我笑著牽起女兒的手，兩人一起加入音樂。

❸ klezmer，東歐猶太人的傳統民間音樂，多半在傳統喜慶場合演奏，音樂風格感情豐富，尤以歡鬧奔放曲調著稱。

歷史說明

走在今天的新猶太廣場（Campo Ghetto Nuovo）上，很難相信這個寧靜的威尼斯廣場一度曾是那麼悲慘的地方。廣場牆上的紀念牌說出了令人心碎的故事，在一九四三和一九四四年，曾有將近兩百五十名威尼斯猶太人被逮捕，並押送出境。只有八個人活著回來。在那悲慘的幾年，義大利的四萬七千名猶太人有百分之二十死去，大部分都是死於集中營。

儘管這些數字令人難以置信，但是比起其他被納粹德國佔領之地的猶太人遭遇，那就是小巫見大巫了。在波蘭、德國、波羅的海國家，百分之九十的猶太人被滅絕。在荷蘭，有百分之七十五死於集中營，在比利時則是百分之六十。為什麼在義大利倖存的猶太人比例較高？是什麼讓義大利不一樣？

當我漫步在卡納雷吉歐（Cannaregio）——威尼斯的這個區域曾有許多猶太人居住——之時，就一直想著這個問題。義大利人的性格有什麼獨特之處，使得他們碰到自己認為不公義的法律時，就予以漠視、甚至積極反抗？多年來，我被義大利吸引而一再重訪，而且很喜歡這個國家的人民，所以我想要相信義大利人很特別。但是我也非常清楚，每個國家都有其黑暗面。

「是什麼讓義大利不一樣」的這個問題，在兩本傑出的書裡都有討論：蘇珊・祖寇提（Susan Zuccotti）的《義大利人與大屠殺》（*The Italians and the Holocaust*）以及倫佐・戴・菲利切（Renzo De Felice）的《法西斯義大利的猶太人》（*The Jews in Fascist Italy*）。兩位作者都認為，對猶太人來說，義大利跟歐洲其他佔領區有很多不同。在義大利，猶太人充分融入當地社會，而且外型上跟鄰居們沒有明顯的差異，於是輕易就與其他人民融合。二次大戰前，猶太人在政府、學術、企業、醫藥、法律等領域都擔任重要職務。他們與非猶太人通婚的比例是百分之四十四。從各個方面來看，他們一定覺得自己完全融入義大利社會了：就連墨索里尼（Benito Mussolini）的情婦——才華橫溢的傳記作者瑪格麗塔・薩爾法提（Margherita Sarfatti）——都是猶太人。

但是安全感往往只是個幻象，在整個一九三〇年代，猶太人逐漸明白：即使在義大利，他們腳下結實的土地也逐漸轉變為危險的流沙。一開始的種種跡象只是令人擔心：一些報章雜誌出現了幾篇反猶太的社論，接著是《義大利人民報》（*Il Popolo d'Italia*）把猶太人新聞記者一概解雇。到了一九三八年，反猶太的宣傳活動更加速進行，因此出現了一連串愈加嚴苛的法律。一九三八年九月，猶太人被禁止教書或上學。一九三八年十一月，禁止異族通婚，而且猶太公務人員都被開除。到了一九三九年六月，他們更被禁止從事高度技術性的職業，於是猶太醫師、律師、建築師、工程師都失業了。接著禁止猶太人擁有收音機或進入公共建築物。他們不能去受歡迎的度假景點。猶太人作曲的音樂不能在廣播電台播放。

當法令變得愈來愈駭人聽聞之時，有些猶太人選擇離開這個國家，但大部分都還是留下。即使危險的徵兆逐步累積，他們還是無法相信在德國和波蘭所發生的事情，也會在義大利發生。就像溫水煮青蛙的比喻，大部分義大利猶太人適應了嚴酷的新現實，只是繼續過自己的日子。像本書中羅倫佐一家已經在義大利定居了幾個世紀，對這類猶太人家庭而言，他們還能去哪裡？

一九四三年，隨著德國佔領了義大利中部和北部，這些家庭發現自己困住了。當德國和義大利的納粹親衛隊展開緝捕之時，猶太人急忙躲起來或逃跑。有些人翻山越嶺到達瑞士，有些則被修女或修士收留，躲在修道院或修女院內。還有些人躲在好心的朋友或鄰居家中。

但是有太多人像羅倫佐一家被逮捕並押解出境，由火車載往北方。大部分人相信自己是要去集中營；很少人想得到自己的旅程終點，會是波蘭的火化場。

在威尼斯，災難來得太突然，因而很多猶太人是在睡夢中被叫醒。一九四三年十二月初，空襲警報聲呼嘯著淹沒了任何哭喊，當局逮捕了將近一百名猶太人，暫時將他們囚禁在一所權充拘留營的學校裡，他們好幾天沒有食物，直到同情他們的鄰居們將食物丟進窗內。接著這些囚犯半餓著肚子列隊走向車站，準備搭上離開威尼斯的火車，當時他們一定還相信自己能活下來，所以其中許多人寫信給自己在威尼斯的朋友報平安。

他們前往波蘭奧斯威辛（Auschwitz）集中營的途中，會經過設於聖撒巴碾米廠（Risiera di San Sabba）的中轉營，位於義大利東北部的里雅斯特（Triester）的市郊。這個碾米廠被徵用後，改建為當時義大利境內唯一的集中營。到了一九四四年春天，裡頭建好了火化場，成為數千名被處決的政治犯、反抗軍、猶太人的人生最後一站。處決的噪音，加上偶爾有焚化爐傳來的慘叫聲，據說太令人心神不寧了，只好演奏音樂以蓋過那些聲音。

在這個殘忍的歷史場景中，要找出壞人很容易，從推行反猶太法令的政客，到樂意逮捕並遣送義大利國人的法西斯黨警察，還有出賣鄰居或同事的線民。但是要找出英雄也同樣容易：朱賽佩・約納教授（Professor Giuseppe Jona），他被下令要交出威尼斯的猶太人同事名單，但他卻燒毀那些名單，然後自殺；幾千名反抗軍，其中很多人死於聖撒巴的刑求；同情猶太人的憲兵、警察們，他們拒絕逮捕當地猶太人，甚至協助窩藏；還有無數的修女、修士，以及日常一般義大利人，他們提供這些陌生人急需的食物、衣服、庇護所。

就像拔波尼父女，這些無名英雄中的某些人也因為這些義舉，而付出了自己的生命。

在《小提琴家》中，我想要致敬的就是這些人，這些平凡男女的人性之舉和犧牲精神，給了我們所有人希望。即使在最黑暗的時代，也總是有一位勞拉能為我們照亮前路。

延伸閱讀

Susan Zuccotti, *The Italians and the Holocaust.* Lincoln: University of Nebraska Press, 1996.

Renzo De Felice, *The Jews in Fascist Italy.* New York: Enigma Books, 2001.

"The Holocaust in Italy." United States Holocaust Memorial Museum, https://encyclopedia.ushmm.org/content/en/article/italy

"Risiera di San Sabba." Museum website: https://risierasansabba.it

致謝

音樂的力量可以啟發或改變人生，甚至跨越數世紀亦然，這是《小提琴家》的重點所在。我很感激把音樂這個禮物帶進我人生的所有人：我的父母，他們知道我總有一天會謝謝他們所安排那些冗長的鋼琴和小提琴練習；我的音樂老師們，他們耐心地忍受我所有出錯的音符；還有我緬因州即興演奏會的同伴們，我們一起演奏，共度了許多喧鬧的夜晚。音樂家是世上最溫暖、最慷慨的人，我很幸運是這個圈子的其中一分子。尤其要謝謝Janet Ciano，她充滿關愛地啟發了一整代絃樂手；還有Chuck Markowitz，他跟我一樣就是喜歡拉小提琴；以及Heidi Karod，她是第一個演奏〈火焰〉的人。

感謝我的文學經紀人Meg Ruley多年來的堅定支持，我的編輯們Linda Marrow（美國Ballantine出版社）與Sarah Adams（英國Transworld出版社）以及美國和英國的出版團隊：Libby McGuire、Sharon Propson、Gina Centrello、Kim Hovey、Larry Finlay、Alison Barrow。跟你們合作太愉快了！

最重要的，我要感謝我的丈夫Jacob，在我事業的每個高峰與低谷都陪伴在我身邊。當作家的配偶非常辛苦，而他做得比誰都好。

泰絲·格里森訪談

問：《小提琴家》不是你的「瑞卓利與艾爾思」系列。這本獨立作的靈感來源是什麼？

泰絲·格里森：有回我在威尼斯過生日的時候，作了一個惡夢。我夢到自己在拉小提琴——某種陰暗、令人不安的旋律——同時一個坐在我旁邊的嬰兒變成了怪物，有發亮的紅色雙眼。我醒來時全身發抖，知道我夢到的是一個有關音樂傳播邪惡力量的故事。同一天，我漫步在威尼斯，最後來到以前的猶太區，看到了兩百四十六名威尼斯猶太人被送去集中營的那些紀念物。其中有一塊牌子列出這些人的名字，我看到有好幾位姓托戴斯寇。那一刻，我就知道我要寫的整個故事了。這個故事是有關托戴斯寇這個音樂家族，以及一件令人難忘的音樂作品如何將他們的命運傳達給七十年後的一位小提琴家。

問：《小提琴家》你原本是寫成中篇小說。為什麼又決定發展成長篇小說？這個演進是否影響到你寫作的方式？

泰絲·格里森：當初是我的荷蘭出版商委託我寫一本九十六頁的中篇小說。因為長度的限制，我只能說出一部分的故事——現代的那部分，關於波士頓小提琴家茱麗亞意外碰到一份華爾滋舊手稿〈火焰〉。她深入挖掘這首樂曲的悲劇歷史之時，發現自己的人生也陷入危險。她冒著失去一切的危險，逃到威尼斯，查出了〈火焰〉作曲者羅倫佐．托戴斯寇的故事。

我寫完這部中篇之後，覺得自己只說了一半的故事。我想要說出羅倫佐那部分的故事！他是怎麼會寫出這首令人難忘的樂曲？他深愛的那個女孩發生了什麼事？他們的家人後來怎麼樣了？《小提琴家》讓我可以同時說出羅倫佐那邊、發生在一九四〇年代義大利的故事，以及茱麗亞這邊、發生在現代波士頓的故事。把他們聯結起來的是〈火焰〉，這件音樂作品串連起兩個音樂家，以及他們背後兩個截然不同的世界。

問：這本小說有兩條不同的故事線——羅倫佐那邊是歷史小說，而茱麗亞這邊則是比較接近心理驚悚類。一本書裡面處理兩種不同的類型，會很困難嗎？哪一條故事線你覺得寫起來比較容易，或者探索起來比較有趣？

泰絲．格里森：說來奇怪，我發現歷史小說探索起來要容易很多。這條故事線比較直截了當，各個角色的人生都困在一個悲劇裡，由種種歷史事件決定往後的發展。茱麗亞的故事比較複雜，因為讀者不曉得茱麗亞是不是快瘋了，也不曉得她年幼的女兒是不是真的很邪惡。有很多醫學線索可以看出茱麗亞的敘述是否可靠，所以我必須很小心地隱藏。精明的讀者會看到這些線索，把所有的蛛絲馬跡湊起來，於是最後謎底揭曉時他們不會覺得驚訝。這對作家來說是很大的挑戰——希望連最精明的讀者都能騙過。

問：談談你寫《小提琴家》所做過的研究吧。

泰絲．格里森：我的研究焦點是二次世界大戰時猶太人的歷史。被納粹德國所佔領的歐洲其他地方，猶太人的死亡率都高得嚇人，相較之下，義大利的猶太人有百分之八十倖存下來，這個事實激發了我的好奇心。是什麼讓義大利不一樣？怎麼會有這麼多人倖存？是什麼決定你的生或死？小說中，托戴斯寇一家的困境，反映了當時其他義大利的猶太人家庭勢必面對的狀況。要留在義大利還是移民去其他國家？情勢會變得更糟糕，或者現在就是最壞的時候？國外傳來的謠言是真的嗎？每個家庭必須做出的痛苦決定，很可能就會決定他們活著或死去。

問：在你的致謝詞中，你說：「音樂的力量可以啟發或改變人生，甚至跨越數世紀亦然，這是《小提琴家》的重點所在。」你是不是一直想寫一本音樂題材的小說？這是你最初的想法，或者你是在確立了書中的角色和主要情節之後，才把音樂相關的內容放進去的？

泰絲・格里森：音樂一直是我生活中很大的一部分。我會鋼琴和小提琴，而且長期以來都有在家裡舉行即興演奏會的傳統。我認為音樂家是一個沒有界線或語言隔閡的部落。我們透過自己的曲調溝通，講的是同一種語言。全世界每個小提琴手都知道，把一個木盒放在下巴底下、感覺到木盒隨著琴弓而震動著活了過來是什麼感覺。

在寫作《小提琴家》期間，我必須大量描述虛構的華爾滋樂曲〈火焰〉的種種細節。在書裡，這首華爾滋一開始平靜而哀痛，很快地，樂曲就變得愈來愈狂暴：旋律「爬升到極高」，音符變得幾乎無法演奏。最後是一連串悲傷的和絃。這些描述一定是深入了我的潛意識，因為有一夜我就真的夢到了這首曲子的旋律！我醒來時可以立刻在鋼琴上彈奏這首華爾滋的開頭。我花了大約六個星期，寫出了整首曲子。國際知名的小提琴家侯以嘉（Yi-Jia Susanne Hou）已經錄製了〈火焰〉，在iTunes和亞馬遜都可以買得到，所以讀者們就可以聽到《小提琴家》以之為中心的這首華爾滋。在一個非常奇怪的創作轉折中，我寫了一本關於一首樂曲的小說，而又根據這部小說，使得這首樂曲誕生。

問：有哪些作家對你的作品影響特別大？

泰絲．格里森：就像其他幾乎每個美國偵探小說女作家，我從小就受到「神探南西」（Nancy Drew）系列的影響，啟發我寫出自己的偵探小說，讓我從七歲就開始寫作。等到我長大了些，恐怖小說和奇幻小說讓我大開眼界，看到了虛構小說的各種可能性：托爾金（Tolkien）、亞瑟．克拉克（Arthur Clarke）、艾西莫夫（Isaac Asimov）、史蒂芬．金（Stephen King）。在我的心目中，他們永遠是巨人。

問：談一下你寫作時典型的一天是什麼樣。有既定的常規嗎？

泰絲．格里森：我的寫作常規沒有什麼獨特的地方，只不過寫虛構小說時，我的初稿幾乎都是手寫的，用筆寫在空白無線的打字紙上。我打字非常快，所以不是因為打字速度的關係。而是我覺得鍵盤是我寫出故事的障礙。看到螢幕上所出現的字，總是讓我的大腦切換成編輯模式，我會停止寫作，開始去修改。我會聽到腦子裡嘮叨的編輯聲音，拖慢我說故事的速度。

Storytella **186**

小提琴家

Playing With Fire

焚曲/泰絲.格里森作 ; 尤傳莉譯. -- 初版. -- 臺北市 : 春天出版國際文化有限公司, 2024.02
面； 公分. -- (Storytella ; 186)
譯自 : Playing with Fire
ISBN 978-957-741-810-4(平裝)

874.57 113001291

ISBN 978-957-741-810-4
Printed in Taiwan

作　者　泰絲・格里森
譯　者　尤傳莉
總編輯　莊宜勳
主　編　鍾靈

出版者　春天出版國際文化有限公司
地　址　台北市大安區忠孝東路四段303號4樓之1
電　話　02-7733-4070
傳　眞　02-7733-4069
E－mail　bookspring@bookspring.com.tw
網　址　http://www.bookspring.com.tw
部落格　http://blog.pixnet.net/bookspring
郵政帳號　19705538
戶　名　春天出版國際文化有限公司
法律顧問　蕭顯忠律師事務所
出版日期　二〇二四年二月初版

定　價　410元

總經銷　楨德圖書事業有限公司
地　址　新北市新店區中興路二段196號8樓
電　話　02-8919-3186
傳　眞　02-8914-5524
香港總代理　一代匯集
地　址　九龍旺角塘尾道64號 龍駒企業大廈10 B&D室
電　話　852-2783-8102
傳　眞　852-2396-0050